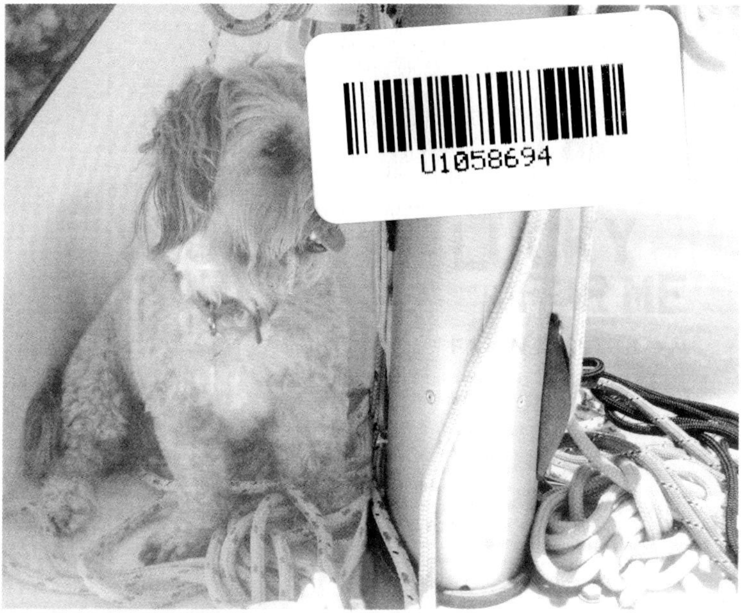

目 录

序

深夜，一只小狗乘着一艘木质旧帆船，向北面的大堡礁疾驶而去。这是他在大海上的第一次航行。船有些颠簸，但是“好运”一点也不害怕。他镇静地坐在主舱里的沙发上，他那圆圆的棕色眼睛追随着我摆弄舵轮的每一个动作。我没有他那么镇静，但是尽量不让他看出来。我们离开昆士兰的海岸已有40海里，一路在珊瑚礁中穿行。海风已经超过每小时三十海里。夜是如此的黑，我们的船好像坠落在无尽的黑暗空间之中。

海面上形成了一排翻着白花的涌浪，涌上了甲板，把我们的小船推来搡去。我拼命把住舵，突然看到好运从沙发上被一下子弹到了船舱地板上。

他立刻爬了起来，树墩般的后腿一蹬，又把自己送回到座位上。当我们四目相对时，他歪了歪脑袋，用他特有的方式哼了一声："喔！"（意思是："别紧张！"）

他这样反复被弹到地板上好几次之后，我发现他咬住一个沙发靠垫，把靠垫拖来拖去，不小心摔倒，又爬起来，继续拖，直到他自己被靠垫和沙发靠背紧紧夹住。然后，他打了个滚，仰面朝天，叫了两声："哈！"（意思是："啊啊啊，真舒服！"）接着，他就睡了过去。

我早就知道好运不是寻常的小杂毛。但我还是有些不相信自己的眼睛。我瞥了戴斯一眼，戴斯是和我一起出航的朋友。"天啊，"他说，一边摇了摇头，"那是怎样一条狗啊？"

当我们看着好运在他重新规整过的沙发上四脚朝天呼呼大睡时，恍惚之间我不禁觉得（这不是第一次）他也许根本不是一条狗，他也许是来自另一个生命空间的探索者，喜欢和人类混在一起。我们继续向格列夫人岛挺进。格列夫人岛位于昆士兰的大堡礁南端，是格莱斯顿港外的一片珊瑚环礁和泻湖。

当我再次把目光投向沙发时，好运不在了。我立刻把目光转向通往甲板的滑门。我曾经向我那缺席的伙伴丽萨郑重保证我绝对会在航行时把这滑门关紧。现在这门半开着。我吓得脚都软了，跌跌撞撞冲到外面的甲板上，好运还是没有踪影。紧抓着安全栏，我一步一挪绕过了主舱。狂风在支索间呼啸，冰冷的海水冲刷着我的脚踝。我看到了他。他全身湿透，在天旋地转的一片黑暗中显得那么弱小，我简直不能相信他还站立着。他站在那，摇摇晃晃，就在甲板边缘。

我几乎喊出他的名字，然后突然想起来，有时当他听到我喊他的名字时，会把我的喊声当成追逐游戏的开始。于是我趴了下来，慢慢爬到他看不见的一边。我突然一把抱住他，他居然正在撒尿。我抱得太紧了，以至于他吠叫一声，想要咬我。但是我没有松手，在呼啸的狂风中，我一边笑着，一边向舵轮边焦急的大副高声喊道："我抓住他了，戴斯！我们不用自杀谢罪了，我抓住他了！"

如果没人帮忙，他能够安全返回舱内吗？我不可能知道。我确实知道的是：我看到他的那一刻让我突然非常清楚地知道我已经深深喜欢上了这只“短屁股小狗”，虽然我养他还不到一年。就在日出前，我们抵达了格列夫人岛，抛下锚，然后我们精疲力尽地倒在了“小茂”号舒服的床上。我快要睡着时，突然感到脚边有动静。

“喔，”好运叫了一声。（“一边去，让点儿地。”）他拱了拱羽绒垫子，转了几个圈，直到他的后背舒舒服服地贴上了我的前胸。“咔！”他叫了一声，与我心有戚戚焉。

一

我在新西兰的童年是在严峻的氛围中度过的。那时，狗好像只有两种角色。一种是牧羊犬。这种狗瘦骨嶙峋，一般睡在44加仑桶上的湿麻袋上。他们对生人极不友好，但是对那些虐待他们的农民却不可思议的忠诚。现在在我的脑海里，他们就像他们曾经看护过的奶牛和绵羊一样熟悉。他们一般在阴雨绵绵的天气中，在本地人称作“小山边的悬崖”边牧羊。（在我的记忆里，他们凝固在那个经典的半蹲姿势，等候主人的命令。）

另一种是陪伴孩子们的狗。这种狗随处可见，但是很少有人会在他们身上费什么心思。他们无比忠诚，眼睛明亮，紧跟在到处乱跑的孩子们后面……直到突然间孩子们长大离开，而这些狗只好蜷缩在空无一人的卧室一角，抓抓鼻子，做做白日梦，终老一生。

我小时也有一只这样的狗，狗的名字叫做“铁锈”。他是一只猪狗生的一窝幼崽中最弱的一只，他出生时我和我哥哥罗伯特正在一家毛利人家过暑假，这是个渔猎之家。我们的主人把这窝小狗仔里比较强壮的那些小狗留作未来的猪狗。然后他把目光投向那个皮包骨头的小家伙，它看上去简直就像另一个品种。“隔壁那个小狐狸肯定上了我家的母狗，”这个老猎手说道，“你们最好把这个生了锈的小家伙带回家，嗯？”

铁锈后来长到一只昆士兰赫勒犬那么大。他不是特别聪明，也不是特别勇敢，他甚至也不会什么把戏，但是他非常忠诚。他逐渐成为在这个特殊家庭里我唯一能够指望的。我的父母那时天天吵架。现在他们都不在了。爸爸是个二战老兵，我在1951年出生时他56岁。他那在壕沟里的经历让他深信到处都是阴谋。（“战争不会无缘无故发生，”他逢人便讲，“战争都是那些控制世界财政的人操纵的。”等等等等。）

他碰到我母亲时刚刚失去他的前妻。那时，他在澳大利亚和新西兰工作，是个充满理想的记者兼编辑。然而，很快，他的报道，他的拳头，他的毫不让步的脾气，让他备受排挤。我妈妈比他小20岁，是个在小镇长大的姑娘，对政治毫无兴趣。她的理想生活就是拥有一个舒服的家和传统的生活。他们都没能得偿所愿。等到铁锈来到我家时（我9岁），他们已经在家里划出了各自的地盘：他在他的小书房里写他那些永远也不会有人读的阴谋报道。她则待在我们那一尘不染的起居室里，周围环绕着家居杂志和多次修补过的陶瓷小摆设。

当他们冲突时，那些陶瓷小摆设像子弹一样飞来飞去。铁锈有时会偷偷钻进我的房间，藏在床下。但是大多数时候，我们会跑出去，跑出家门，跑下小山，跑过原野，铁锈紧跟在我身边。我家住在奥克兰港的北面，在海边我找到了一条漏水的小船，我用一只桨和一张毯子做了船的主桅杆和帆。这个随时会沉的小船只能向一个方向行驶。我和铁锈会在船上呆上几小时，饿了才停船上岸，在果园里偷点东西吃或者在泥地里挖一些海扇充饥。

某种意义上说，这样的童年一点也不赖。和其他穿得破破烂烂的孩子们一起，我们总是在追逐游戏：爬树、做推车、钓鱼、把东西炸飞，弹药来自爸爸藏在窝棚里的子弹，然后，等我们都大了一点——等我们都有了气枪之后——我们开始玩战斗游戏，想办法用气枪将对方轰倒。（在一个血腥的下午，一个波兰裔的男孩用一把像火箭炮一样大的气枪射中了我的脚踝，当时我正抱着罗伯特，铁锈跟在后面。后来，我们用一把水果刀自己动了手术。）

偶尔，我父亲会像突然从梦里醒过来一样，收起他的打字机，给我们做风筝、做游艇模型，或者组织一次家庭野餐。他会抱着铁锈的头，然后会真心诚意地跟他说——"嗨，老家伙，你觉得街对面新来的那个大鼻子的拉布拉多怎样？"——就好像他真的期望铁锈会回答他一样。一开始我觉得很奇怪，可能因为我以前从来没有见过别人和狗交谈，他们总是只向狗发号施令。

铁锈也乐此不疲。他会用一双狗眼凝视着爸爸的眼睛，发出奇怪的我从未听到过的轻声嘤呜。

然而，当我试着和他说话，铁锈仅仅露出一副不耐烦的神情。多年之后我才理解爸爸所说的，动物只会对“真诚的声音”起反应。如果我们虚情假意的话，他们根本不会理我们。

就像大多数孩子一样，随着我逐渐长大，我对家里的狗也逐渐失去了兴趣。我记得他乘我们第一辆装了燃烧物的小车，而我能记得完全是因为车开得很慢，还不停地冒烟，他有时从窗户中跳出去，在车子边上，跟着车子奔跑。但是我完全不记得他吃些什么，甚至也不记得他在哪里睡觉。当时间走到上世纪60年代中期，我和罗伯特最终离开家，去澳大利亚冲浪，我们不假思索地遗弃了我们那忠诚的铁锈。

二

就在我养好运之前不久，也就是 2000 年晚些时候，丽萨和我——我们都是记者——请了假，开始我们的世纪之旅：乘“贸易风”号巡航。“贸易风”号这艘有些破旧，但是宽敞的巡航三体游艇是我们几年前凑钱买的。整整六个月，我们在东海岸布里斯班港和卡恩斯港之间漫无目的地航行——探险、钓鱼、漫游一系列岛屿——珊瑚群岛和大陆上的海湾。

不久，我们两人都觉得幸福得像上了天堂。对于我来说，这是实现了我一辈子的愿望。自从我还是个孩子时，躺在那个漏水的小艇的底部，眼望岸边青山飘过，那时，那种生活在白帆下，平稳地驶过流水的感觉就让我莫名地兴奋与快乐。现在乘着“贸易风”号——这艘船可是坚固到经历了无数考验——我们发现即使遇到风浪都让我们莫名地开心，(我们实现了梦想!)就好像我们身体上那些从未使用过的部位开始有了活力。

但是很快又是我们返回布里斯班港的时候了。即将到来的工作和郊区的生活就像悬垂于南部地平线的一团乌云。我们在艾尔利海滩稍作逗留，补给燃料和食物。在补给燃料的码头上，一条说不出是什么品种的小狗在迎接我们。当我们加油时，她跑来跑去，聚精会神地看着，好像在找什么东西。

“嗨，小家伙，”丽萨喊道，“你迷路了吗?”

这只小狗坐下，歪了歪脑袋，叫了一声。

“那是声‘是’!”丽萨对我说。她把水管卷好，跳上码头，抱起小狗。“哇，快看她的长睫毛。”确实，近观之下，码头边的这个小东西看上去就像装了假睫毛的埃及艳后。接下来的 24 小时，我们看到“长睫毛夫人”在背包客的酒吧里闲逛，在沙滩上巡视，在主街陪伴游客，在游艇俱乐部的草坪上姿态优雅地东嗅西嗅。

但是她根本没有迷路，一个在公园里喝着葡萄酒的男人解释道，她只是非常爱管闲事。

“管什么？”

“一切！”醉汉叫道，一边挥舞着胳膊。“那个小东西盯着每一个人！她什么都知道！”

我们一直不知道谁是长睫毛的主人。但是她的习性仿佛告诉我们她是一条惯于航行的狗，无奈被搁浅在岸上。在我们的旅途中，我们遇到了好几只在大海上乘风破浪的狗。就像他们的主人一样，这些狗也具有那种独特的特质：既擅长交往又非常独立。然而，他们大多数是大型狗，适合在港口看船，要是航行就显得有些过于大而笨拙。在未来养一条小型的、灵巧的狗的想法对我们都很有吸引力。“但是不要那种傻傻的就只会呆在你怀里的狗，”丽萨说，“它必须能打理自己，就像小‘长睫毛’。”

在我们美好的海上之旅快结束的时候，我们说定一旦我们有机会，就会再次出海。而且下次，不会只是航行六个月，我们将辞掉工作，至少玩上两年，“贸易风”号就将是我们的家。我们将探索澳大利亚海岸线的北半部,(我们会避开南部那冰冷、不可捉摸的海域,)穿过珊瑚海去新加勒多尼亚,然后,在雄伟的太平洋里玩上几个小岛。在这次航行的最后一个岛屿抛好锚后,我们举杯庆祝2000年9月海上梦之旅协定……我们从未想到要多长时间才会实现这一梦想。

回到布里斯班才几个星期,刚刚结束的探险就开始显得不真实。每天早上,我们被修草坪和无数装修的噪音吵醒,而不是海浪拍打船舷的声音或是装帆的声音。布雷斯班城南的布里玛河边地区正在加速绅士化,上次我们出航之后,那条离丽萨的工薪阶层的旧屋子只有几步远的主街已经从一个破旧的街区升级成另一个遍布咖啡店的都市达人光顾的时髦之地。路边停满了果冻豆一样的小摩托车和跑车,几十个紧包着莱卡运动衣的车手无所事事地一边喝着饮料,一边互相打量着。

我们的"再次抑郁期"(就像潜水之后的减压以适应外部世界)对于丽萨来说尤其艰难。她必须要去澳大利亚布里斯班记者站上班。而我由于为另一个州的菲尔法克斯《美好周末》杂志社工作,可以在家里写稿。回来之后我的第一个任务就是写一篇关于我们航行的文章。但是由于我人回来了，心还没有回来，所以我老是找不准视角。我在河边长时间散步，想弄清楚自己的情绪，但是我发现自己的思绪“不停地回到过去”（就像菲茨杰拉德笔下那著名的逆流行驶的船）。

我散步路过一段河岸，河岸边还有一些老船台和造船场，这些老房子在新区的房地产开发的狂热中屹立着。我在90年代中期离婚后租过的一座小房子就夹在这些注定要被拆掉的房子中间。

那个时候我漫无目的，寻思着实现我年轻时的梦想：买一艘小船，扬帆出海。但是现在这个梦想看上去显得没了新意，有些过时，就像那时我的很多想法一样。于是我坐在阳台上，看着别人的游艇进进出出：每一艘游艇都是一个温馨的，独立而又完全的世界。那年冬天反常得又湿又冷，我的前妻琳把我们的家犬——一只老边境牧羊犬，送到我这里，让我养。（我们那两个已经成年的孩子出去闯荡世界去了，老病缠身的“贝吉”在琳上班时，只好独自在家里呆着。）

贝吉以前可是我们那一片跑得最快的狗之一。现在他的后腿的关节炎特别严重，他睡前到外面撒尿，我不得不抱他出去，以防他在楼梯上摔倒。一个糟糕的清晨，大雨如注，三点钟我醒了过来，听到微弱的哀鸣声，发现我忘了关后门。可怜的老贝吉趴在浸满雨水的草坪上，爬不起来。他看我的眼神让人心碎，不是责备，而分明是为自己的狼狈而感到窘迫和歉意。我把他抱进屋，在暖气边给他擦干，然后把他放在床上，让他睡在我边上。那天晚些时候，在征得琳同意后，琳落了泪，我开车把贝吉送到家庭兽医那里，给他施行了安乐死。

从我散步路线的下一段隔岸望过去，可以看到特内里费变化着的天际线，那后面是佛特谷——这两个地方和布里玛一样，都在翻新重建成标志型地段，以吸引那些年轻的荷包鼓鼓的公寓住户。

当地人把那里简称为“山谷”。我就是在那里碰到丽萨·司各特的。当时我们正在享用当时新闻业内流行的那种冗长午餐。

凌晨2点，我们这群乌合之众最后移师到一家那种摩托车手经常光顾的酒吧。在那儿，司各特承认她读过我在若干年前写的一本小说。加上她，那本书在全世界的读者大概也不会超过十人。

“燃烧的狗，”她喋喋不休道，“在你的书里一只燃烧的狗从天而降！我也是，”她指了指自己——“我也有过一只燃烧的狗！可怜的塔莎，甘蔗一下子烧着——呜呜的！——她的耳朵烧掉了……”（后来我们花了好几个星期才把故事讲完：我书中虚构的那只狗被直升机荡下的救生员从灌木丛大火中救起，浑身还冒着烟，然而他一口咬中来救他的救生员，结果他们一起掉进了大火，被烧死了。而丽萨的童年宠物经历过一场甘蔗地大火，虽然保住了性命，但是烧掉了两只耳朵。）

从一开始，我就喜欢司各特那股豪爽的劲儿：在酒吧里，一个浑身刺青的大个子想偷她的椅子，她一下子猛扑过去；她曾经独自在非洲徒步旅行六个月，在桑给巴尔岛，她亲眼看到一条钩虫从她的脚里钻出。事后回忆起来她毫无惧色；她穿着风格中性，鄙视“女孩”对于购物的痴迷。而且，当然还有那喜欢阅读名不见经传的第一本小说的高雅品位。

童年时，当她还太小不能和姐姐们一起玩的时候，丽萨就一个人自娱自乐——她家的甘蔗农场位于邦德堡附近的古勃拉姆，那里的生活非常平淡。就像我乘着我那只漏水的小船到处晃悠一样，她整天骑在她的自行车上，穿行于一排排甘蔗林之间那平坦、布满灰尘的土路上，边骑车，边幻想在充满异国情调的地方冒险。“只要我在前行，”她跟我说，“我就感觉我已经在去往那些地方的路上。我开始把当地的那些小路想象成一个迷宫，总有一天我会找到离开那里通向我想象中的生活的那条路。”

走出家乡的路最终是成为一名记者。17 岁那年，丽萨离开了家乡，来到布里斯班，她也从一名小小路德教虔诚信徒成长为一名《信使邮报》实习生。那一年是 1984 年，也是酒气冲天的老式新闻时代的末期。那个时代新闻的幽默感、理想以及记者间同志般的友谊与忠诚都让司各特激动不已。很快她就以传统记者标志性的特立独行的姿态，撑起酒吧里一场场辩论。虽然日后她有机会四处旅行，到海外工作，还读了大学，然而她从来没有真正适应 90 年代后的新闻业。90 年代后，各个报纸的新闻编辑室逐渐被那些乏味平淡、满脑子公司化运作的人物接管了。

我因写作瓶颈而外出散步，最后一段路要经过布里玛最早的一家咖啡馆。我和司各特是常客。就是在这儿，我们喝了无数杯红酒，第一次谈起买一条船。（我们已经乘朋友的游艇夜航了一次。航行出人意料的颠簸，然而这个来自邦德堡从未出过海的人居然一点也不晕船，而且让我们历经风浪的船长惊奇不已的是，她还宣布这次旅行让人非常放松。）

两年后，就是1997年，我们成了“贸易风”号的共同拥有者。这艘三体游艇12米长，建于1983年。它普普通通，并不奢华。没有现在建造的游艇上常见的那些时髦玩意。船体是船用胶合板，外覆玻璃纤维。这样游艇需要定期保养维修。然而，除了比同样大小的双体船（起价就要25万澳元）便宜，又比单体船宽敞外，它还非常适合在珊瑚礁中航行，吃水浅，搁浅时可保持水平，不致倾斜，不像那些龙骨突出的尖底船。

三

在一个我快要写完我们航行故事的早上，司各特从她班上打电话来。

“一只小狗正在等着被执行死刑。”

“啥？”

“有人把他扔在了科乐儿动物诊所，”她说，“如果一星期内没人认养他的话，他们就不得不结束他的生命。蜜姆的妈妈说他的腿就像弯腿椅子的腿。”蜜姆是丽萨的同事。蜜姆的妈妈——她非常有资格就这事儿评论——特别喜欢小型犬而且她经营的古董店就在阳光海岸的科乐儿动物诊所对面。

难道这只就是能和我们一起去航行的狗？那

晚，我们在阳台上讨论我们的选择。到目前为止，关于“好运”我们所知道的只是他是一只小型的毛茸茸的不怎么纯种的小猎犬，18个月大，两个月前被遗弃在动物诊所，患有壁虱性麻痹。极度不整洁，他还患有肺炎，不时地吐出一种绿乎乎的东西。兽医把他那久未打理的毛全都剃光，消灭了让他生病的壁虱。然后阉割了他，等着他的主人来认领。

他的主人一直没来。通常，因为有很多狗等着认养，好运可能也就活到头了。当时兽医的年轻助手，苏珊娜，喜欢上了他。“他有些特别，”她给我们打电话时说，“你知道有些狗能够打动你的心灵。好运就是这样一只狗。”

苏珊娜已经养了三只狗，没法一直留着好运：“但是如果有可能，我就不会让他有事。所以现在他白天待在诊所，晚上待在我家。”

这预兆来得正是时候。我们需要什么把我们从航行后抑郁症中拉出来，苏珊娜需要为她家里的客人找个新家，而好运——从死亡边缘爬了回来——现在正需要生命的第二次机会。我们必须加固后院的篱笆，但是那很容易。唯一的未知数是他是否会对船上的生活感兴趣。还要好几年我们才能够有能力实现我们的海上梦之旅。但是在这期间我们有的是机会在周末和假日出海，让好运习惯海上的颠簸。

“他讨厌出海怎么办?”司各特有些担心，“他到处拉屎呕吐怎么办，就像咱们在磁岛看到的那只可怜的鬈毛狗?”(这只狗被迫待在一艘奢华的双体游艇上，游艇的主人是一位仿佛出自维多利亚时代的百万富翁，而狗的主人是百万富翁那年轻美丽的老婆。这只纤巧的哈巴狗每天都要忍受几次可怕的大小便失禁。)

但是好运到来的时机——距艾尔利沙滩的“小长睫毛夫人”在我们心里埋下种子只有几个星期——是如此像个奇缘，我们知道我们必须领养他。“为了好运!”我们举杯庆贺，“为了与神秘的小猎犬一起冒险!”

第二天我给在诊所的苏珊娜打了个电话，告诉她我们愿意领养这只我们从未见过的弃犬。2000年10月的一个星期六的早晨，我们出发，沿着布鲁斯公路向北行驶，去碰我们的运气。几年前这条公路绕过库罗伊这个离奴沙岬只有25公里的小角落。那天当我们午间到达诊所时，街上空无一人。

在等候室里，我们刚刚开始自我介绍，突然，一连串啪嗒啪嗒的脚步声预告着“好运”的到来。他跑到了通往手术室的门道里。最近为了治疗，剃光毛的好运身上才长出短短的毛，他非常矮小，长了一对松垂的耳朵，一个黑黑的又小又圆的鼻子，和一条卷成一个正圆的尾巴。他用他那大大的眼睛相当慎重地看了看我，又看了看丽萨。然后——一边扭动着身体、摇动着尾巴，他匆匆跑进屋内，像老朋友一样迎接我们。

司各特把他抱起来，抱在怀里。觉得他那泛着浅棕色的皮毛出奇地柔软。“哼！”在怀里安静地待了几分钟后，狗狗哼了一声，我们立刻明白他在说，“够了！放我下来！”

当我们在填认领表格时，好运在诊所里四处溜达，就好像他是在这里出生的一样：迎接一个新来的病狗；视察一下狗食和狗玩具的摆放；向他发现的在手术室后的一只猫狂吠一阵，猫被迅速撵了出去。终于，苏珊娜和好运跟我们一起来到我们的车边。我打开车的后门，把好运在这个世界上拥有的几件东西放在了后座上。（一根牵绳，他的节育证明和疫苗证明，我们送给他的一只斑马绒毛玩具。）

“上车吧，小家伙。”

他抬头盯着我看了看，然后转过头，疑惑地看着苏珊娜。

“再见了，好运。”她说，“祝你一切顺利。”

他跳进车，在后座上安顿下来。

在驶离诊所的路上，望着窗外周围森林覆盖的小山，那边有大片的丛生灌木和消闲农场，我们不禁猜测他会是在哪里长大的。对于他的前任主人，我们所知的只是他们是当地人。苏珊娜曾告诉我们，如果有别的狗和好运争食，好运会勇敢地扑过去，不管另一只狗比他大多少。从这一点看来，他很可能是在灌木丛中长大的。到目前为止，他的生活就是一场生存考验。

仅仅几分钟之后，好运从后座爬了过来，站在司各特的大腿上，两只前爪搭在仪表盘上，好像在寻找命运将要把他带到何处的线索。

然后他转过身，标志性地哼了一声。抓了抓她的胸口，他爬上她的左肩，在她脖子后面蹭来蹭去，活像一条可以自我调节的披肩。然后他低下头，把下巴搁在她的右肩膀上，闭上了他的眼睛。他在那里静静地待了足有 15 分钟，我才注意到司各特在抹眼泪。

“怎么了？”

“没什么，就是……”她转过身，手里攥着好运的疫苗证明。

“他这么小又这么孤单。他所做过的一切，同到目前为止他的整个生活都没有了。所有留下来的只有这些，”她照着疫苗证明读道，“品种：小猎犬。颜色：浅棕色。重量：5 公斤……”司各特把脸埋入小狗的脖子中。“5 公斤，”她在他耳边轻声道，“怎么可能有东西只重 5 公斤？”

好运抬起头，看了她一眼。“哼！”他叫了一声，意思是，“行了，别婆婆妈妈的了！”

四

好运没有忘记自己的过去。但是对于我们，观察他怎样适应新生活就像观察一颗奇异的蓓蕾一点点绽放，逐步显露出它的秘密。他来到我家几天后，一次我们在地板上和他玩，突然他开始向电动玩具一样发出嗡嗡声。这是从他喉咙深处发出的一种令人惊奇的声音，不像我们以前听过的任何狗叫声：原始，透着高兴劲儿，而且神奇地被放大了。有些像因纽特妇女用喉咙唱出的歌声。

起初，好运只有在混战游戏时才会发出他的爱的嗡嗡声。他用后腿站立起来，用他的弯腿凳子一样的弯腿抱住你——他那弯腿好像多长了一个关节一般——然后开始嗡嗡歌唱。这感觉就像被一只活着的泰迪熊拥抱。（过了一阵子之后，如果想让好运发出嗡嗡声，所需做的仅是抚弄他的头的一侧。）他的毛不长，但是难以置信的柔软，他不掉毛，而且毛也没有味道，他休息时，会以一种奇怪的鱼雷般的姿势趴下：肚皮朝下，前腿叠起，就像天然的暖手筒，后腿滑稽地向后伸展，就像导弹的两个尾翼。

但是我们的神秘的小狗还有和他的社会性正相反的一面：桀骜不驯的一面。即使对于一条小猎犬来说，好运也算性子格外烈的狗了，他见猫就追，痛恨割草机。为他说句公道话，我们邻居那只专门吃鸟的猫也是活该。好运第一次看到它的那个早上，那只被宠坏了的猫正像帝王般坐在我们的后草坪上，正在用它的爪子梳理身上的毛。

一瞬间的功夫，我们的小强盗飞奔下楼梯，一边像来自地狱的野兽一样咆哮着，一边追了下去。猫跳过栅栏；好运直穿过去（栅栏得修了），被他吓傻了的猎物钻进了主人的房子底下（嘭！咣！），猫窜出来，又被迫逃回去，一狗一猫围着院子捉起迷藏。然后它们穿过了邻居的栅栏，又穿过一家，又一家。

当我们终于在一个街区外赶上它们的时候，他已经追得猫爬上了一座公寓里三楼的消防楼梯的某处。好运伸着鼻子在过道里嗅来嗅去，寻找猫的藏身之处。

当我最终把他夹在胳膊下带回家，好运仍然满脸怒色。他的眼睛直盯着路旁逐渐倒退的建筑，从他的胸口发出低沉的咆哮声，仿佛在说“你等着！”后来证明这不是空洞的恐吓：几乎每天早上，他都会找到办法穿过刚刚修好的栅栏，把那个老妇人的猫吓得屁滚尿流。

“把他锁起来！”她坚决要求。

“但是如果你的猫不到我们的院子里找吃食的话，他也不会追它了”，我们争论道。这不是严格意义上的事实。好运是如此恨这只猫，他一有机会就会伏击它。

也不是每个人都不赞成好运的行为。住在街对面的一位退休的农夫就天天看好运捉猫，看得兴高采烈。

“那是一条真正的狗，”一个早上他对我说，他刚刚站在自己的阳台上给好运喊过加油，“你注意到他拉屎后，用爪子刨地没？现在大多数的狗都不会这么做了，因为它们已经被饲养得没了这种本能。见猫就追也是一样。我的意思是，什么狗才会跟一只该死的猫做朋友！”

确实。但是，好运想与之做朋友的那个动物却很鄙视他。那就是我儿子尼克养的那只惹人喜爱的卡尔比犬。好运情不自禁地爱上了那个毛色乌黑，眼睛亮黄的叫杰克的狗，杰克高高在上的姿态映衬着他那终极澳洲犬的身份：不会被锁起来的本地狗。但是，杰克的反应却是要么对好运视而不见，要么以各种可怕的方式折磨他。

一切都是从我和尼克带两只狗去附近一块空地跑步开始的。好运努力赶上他的新的英雄的步伐。但是杰克一下子奔到前面老远。然后他转过身，向好运猛冲过来，有时他会在最后一刻突然转向，避开好运。但是更多时候他会用他那满是肌肉的肩膀把好运撞飞。好运不断倒下，不断爬起。然而过了一阵之后，他不得不焦急地转圈，想估量出杰克下一次袭击的角度。他朝我这边望了几次，但是没有出声。

当杰克再一次准备攻击时，我突然感到了一种强烈的为人父母的本能。实际上，我所感觉到的更加复杂。我能看出我那24岁的儿子看到杰克教训这只“哈巴狗”正感到洋洋得意。这种洋洋得意感跟他和我之间现在这种青出于蓝胜于蓝的状况有关。于是，我走近好运，等着杰克过来。杰克伸着舌头，哒哒作声地飞奔过来，一副要踢死好运的样子。在最后一刻，我伸出一条腿，于是，这条卡尔比犬没有撞到好运，反而撞在我的膝盖上，倒在地上直喘粗气。

“杰克怎么了？”尼克问道，他没看见我伸腿。

“摔倒了，”我告诉他。

但是好运清楚发生了什么。“咔克！”他叫了一声，挪到离我的腿更近的地方。后来证明这没有必要，因为杰克虽然几秒钟后又站了起来，却已经对这个游戏不感兴趣了。但是他不厌其烦地找到新的把戏来让好运难受。其中最残忍的是，他会夺去好运的骄傲和欢乐——他的斑马绒毛玩具。杰克几次到我家来，都盯着正在把绒毛玩具拖来拖去的好运看，好运是想引逗我们跟他玩游戏——拿这个绒毛玩具来拔河。（晚上，好运会把斑马拖到他睡觉的水果箱里，用它做枕头。水果箱就放在我们的床脚。）

当然，杰克不是那种会对绒毛玩具感兴趣的狗。他可曾经乘在小卡车上浪迹澳大利亚，在建筑工地与工匠们厮混在一起，还和那些会出现在猎猪杂志上的那种凶猛的野生杂种狗干过几场恶仗。然而，一个晚上，尼克带着杰克和其他人来我家吃晚饭。好运兴奋地围着他的偶像转，杰克则根本无视他的存在，直奔斑马玩具而去。他把它叼起，然后叼着它在屋里大摇大摆地走来走去。一边走着，一边用他那狡猾的黄眼睛的余光扫着好运，看他有什么反应。

不出他所料，好运终于气得发疯了。低吼着，龇着他的小白牙，他不断地冲向折磨他的杰克……但是这只是虚张声势罢了，当最后他的勇气抛弃他时，好运溜到一张扶手椅后面，用他的鱼雷姿势趴下，他的身体还由于恐惧和窘迫而发抖，怎么安慰他都没用。杰克则继续叼着绒毛玩具以胜利者姿态走来走去。大多数客人都觉得这可乐极了，但是司各特和我则暗暗生气。我们多么想从杰克那嘲弄的嘴巴里夺下斑马，但是当我们偷偷地在厨房讨论这个时，我们不禁为自己的荒谬冲动感到可笑。

只养了他几个星期，我们已经快要允许自己替意志坚强的好运做主了。

“他这么可爱又不是他的错，”司各特说，客人已经都回去了。我们坐在床脚，看着他从他的小盒子里抬头盯着我们看。（杰克一走，好运立刻叼起已经浸满口水的玩具斑马，偷偷摸摸溜回了自己的床。）

“你说的对，”我和她说，“而且杰克是一个坏透了的控制狂。但是如果我们坚持替好运打他自己该打的仗，我们最后肯定要后悔的。”

“可是，他这么小。他永远也没法从杰克那种狗那里拿回自己的斑马。我们真应该帮他。我能感觉到当时他在向我们求助，你能感到吗？”

我点点头。“确实，吃甜点时我进了屋，他请求我好好教训一下杰克。而且现在——你没看出来吗——他在求我们放松我们定的规矩，让他今晚在我们床上睡觉……”

司各特欢呼了一声，把这只控制我们思想的小猎犬抱上了床。“咔克。”他欢叫道。打了个滚，仰面朝天，举起他的腿就像胜利的旗帜。

那之后不久，我们开车去猎人山谷和朋友共度周末，半路上，好运突然不见了。前一分钟他还在那儿（蹲在汽车后座他经常占据的那个有利位置上），下一分钟他就不见了。丽萨检查了我们座位后面的地板。她爬过后座，把轿车行李箱内的每一个包都看了一遍。没有。

“我看到过他！”我对她说，“就在几分钟前。”

丽萨又找了一遍。“天哪，”她边说，边回到她自己的座位上，“这真是越来越奇怪了。靠边停车。”

我们停了下来。把所有后座上的东西取出来，堆在地上。好运仍然不见踪影。我口干舌燥，打开行李箱门，又检查了一遍放行李的地方。“如果他不在这儿，”我对司各特说，“我们就都得找个地方接受心理治疗。”我正要挪动靠我最近的一个旅行包，突然一个毛茸茸的小脑袋从这个没拉拉链的包中钻了出来。“好运!”我们一起叫起来,并一把把他拖出来,给他一个熊抱。

“哼!”他低声咕哝一声,挣脱出来,又钻回包里,直到我们只能看到他的一只耳朵尖。

我们继续开车前行,天色已昏,我们突然想到一个主意。我们已经在旅程中途的阿密达定了个汽车旅馆。本来想让好运自己睡车上的。但是,要是在我们把行李搬到房间时,好运碰巧呆在行李包里又怎样呢?足球运动员和摇滚歌星都被允许住店,和他们不同的是,好运可是真正受过良好家教的,既不掉毛,又没味道,在他的一生中还从未糟蹋过一个屋子。

我们谨慎地在离旅馆办公室有一定距离的地方停下车,在办登记手续时把好运留在了车里。就在那时,我注意到旅馆主人养了一只猫。于是我决定我们的计划得做些微调,因为好运在晚上很有可能会叫。还来不及警告司各特,我开始伪装自己患有多动秽语综合症。(我学了两声短促的狗叫,跟着说了句模糊不清的脏话,然后剧烈地摇了两下头,表示刚刚清醒过来,最后摆出一副歉疚的微笑。）

“抱歉，亲爱的，”我低声说道，吧嗒了一下嘴，然后从我那目瞪口呆的同伴那里接过小牛奶罐。“我肯定又犯病了。”

我们一出门，旅馆主人立刻锁了门，关了灯。好运一整晚都没发出任何声音。一大早我们离开时，他很配合地跳进行李包。当我们在附近的一个公园停车，下来舒展一下腿脚时，我们才突然意识到我们把好运那闪亮的皮带落在……旅馆的床上了。

司各特不能相信我居然还想回去拿：“你没看到你学狗叫时那个人的脸色吗？他现在可能已经叫来了警察，正在用各种各样的实验检测那条皮带。如果你回去，他们会把你关入迷失狗收容所，然后废了你。”

我们继续向前开。

我们的朋友科尔和安妮已经离开媒体，离开悉尼，在猎人山谷辛莱顿这个地方买了一小块地。他们都是农村长大的，现在人到中年，他们又回归到了童年生活：种树，砍柴，修栅栏，让自己经验丰富的味蕾接受本地葡萄酒的严峻考验。这个周末，几十个朋友从大城市赶来给科尔过50岁生日。

我们一到，好运就从他的行李包中一下子跳了出来，向车道旁的两只奶牛充满恶意地咆哮起来。农夫科尔从一辆拖拉机后面转了出来，他警告我们看好我们的“小绒球”，他可养了两只巨大的干活用的狗——马铃薯和墨菲。我们确实有些担心，一直注意着好运的动向。大概坚持了一两个小时，直到聚会开始热闹起来。到那时，就像所有其他人一样，好运和农场上的狗好像已经相处得相当愉快。

但是下午晚些时候，马铃薯和墨菲的位于房子后面的狗窝那里传来了一阵剧烈的狗吠声。我们一帮喝得醉醺醺的人集体冲了过去，每个人都以为好运肯定马上就要被咬死了。我们转过屋角，停了下来，眼前的景象让大家都糊涂了：绒毛球正在向农场狗发起攻击！他抢了他们所有的啃了好几遍的骨头，每一次如果他们中的一只想靠近，好运就会立刻发起攻击——一边低吼着，一边冲过去，咬对方的脖子，直到对方退却。

马铃薯和墨菲明显地从未碰到过这样的疯狗，

他们一时不知道该怎么办。突然出现了这么多欢呼的观众，这肯定刺激了它们，于是，它们一起龇着牙，向好运扑去。好运吐掉他正在啃的那块骨头，迎了上去。这次他恶狠狠的样子像是完全发了疯，那两只狗吓得转身逃走了。他追了一小段路，然后慢悠悠地溜达回来，一下子倒在了他的那堆骨头之中，大家又是大声喝彩。

那以后，我们确切地知道：虽然只有5公斤重，但这是一只谁也别想动他的骨头的杂种狗。

五

在他成为我家的一员大约一个月后，好运开始了他的“贸易风”号处女航。那时，他早已检查过这艘泊在布里玛的三体船，把头伸到每一个缝隙和角落里一探究竟。当时我们正在甲板下干些活。然后，他显露出极大的理性：钻出船外，然后精确地在主桅的阴影中安顿下来。那可是那个艳阳高照的春日里的唯一荫凉。

当时如果船开动起来，他的表现会怎样呢？既然我们已经下定决心，如果这时发现他会晕船或者有幽闭恐惧症的话，那将是个灾难。他的试航是从莫顿湾到莫顿岛之间的四小时航行，第二天返回。

我们刚刚升起了帆，好运就急忙跑到船的前

部，去看船首破浪前行，然后他转过头来，看着我们，咧开狗嘴笑起来，笑容仿佛是被风吹开的一样。我们知道我们没必要担心了。

“嘿！”司各特喊道，跟在甲板上到处乱跑的好运后面，以防他出什么意外，“他喜欢航行！”

但是也有一个让人头疼的地方：他更喜欢偏僻的沙滩。一旦他上了沙滩，在他玩够之前让他回到小艇上去就变得几乎是不可能的。在我们一起航行的第一年，我们每周末都会在莫顿湾航行，于是经常要一天两次哄他离开沙滩回到小艇。沙滩上还常常有野生动物管理员巡逻，这就让事情更加麻烦。特别是这些管理员坚决拥护澳大利亚打击野狗的官方政策。

清晨的沙滩散步通常有以下流程：船抛锚在莫顿岛神奇的西滩外。一早醒来，就听到好运在甲板上巡逻的咔咔声。有时还会听到他愤怒的咆哮。那是他看到了一只海豚，一头海牛，或是其他什么人类竟然容忍的水中怪兽。在好运看来，它们都不该存在。

虽然很困，但是也必须起床，因为沙滩散步必须得早，要比那些通常睡懒觉的管理员早。叫醒出名的爱睡懒觉的司各特，然后走上甲板，好运正在那儿不耐烦地用后腿支撑着直立起来，前爪在空中刨着，就像一只小种马。在坐小艇上岸之前，先用望远镜好好观察一下，有没有失眠的管理员在巡逻。而好运蹲在船头的最前端，这样他能第一个到达。

我们沿着糖霜海滩散步；看着好运快乐地又跑又跳，他一旦看见阴森森的半浸在水里的木头，他就会狂吠上一阵，他跑着叼回扔出去的木棍，或者在浅水处快乐地浮着。我用塑料袋包起他的便便。偶尔看到从远处开进沙滩的汽车的车灯一闪（这个岛上没有封闭公路，就像成千上万的游客一样，管理员们开着四轮驱动的汽车在沙丘上横冲直撞），我们就立刻跑到灌木丛后躲起里。说不清为什么，好运理解情势紧急，紧紧地靠着我。

如果来的是管理员的话，他可能会注意到沙滩上留下的小狗爪印，下车调查情况，我们在灌木丛后偷偷观察，看到他站在昨天的游客留下的垃圾堆中，向四周怒视着，寻找那个被禁止登岛的动物。

如果他继续向前走，这意味着他是要去锚地正南面的那个度假旅馆去补充啤酒和录像带，他很快就会折回来。

于是，我小跑回小艇边，把船头拉下水然后回过头来，哀求道。

“好运！”——我在小艇上方打了个响指——“上船，伙计！快点，现在！”

他后退几步，低吼了几声。

“好运！管理员会抓到你的。求你了！”

小狗向前冲了几步，跃起来，砰地一声踢在我的大腿上。

“你这只小杂种！”

我试着来了个鱼跃式拦截，他轻易地躲过。然后高速地转着圈跑开。每一次都嘲弄我一般在我身边急滑过去，他还要咆哮几声。好吧，我们自己上了船，开了马达，假装要把他扔在这个岛上。他脑袋歪向一边，看我们一会，然后向相反方向小跑而去。

“让我试试”，司各特说，这时她差不多完全醒了。

返回到沙滩上，司各特半蹲在小船边，使上了她最甜美的声音，最温柔的语气。“快来，我亲爱的小宝贝儿。哦，他最乖了，最可爱了。哦，是的。他来了。多聪明多聪明的狗狗啊！”她一把抓住那只已被半催眠的猎物，然后抖了抖他脚上的沙子，最后把他扔进小艇。“我讨厌叫他小宝贝儿。”她在马达的轰鸣声中喊道。“但是好运好像就吃这一套。”沙滩散步流程到此为止。直到黄昏时候，当管理员已然松懈或者准备回家时，我们将再一次迎接挑战。

好运的乖张之处不仅仅体现在他不爱被限制在小艇中，他同样不愿意在晨跑之后再戴上牵绳。这两点之间可以看出的区别就是：在沙滩上，他不会跑掉，只是想多呆一会儿。而在公园里，他偶尔爆发的叛逆举动更让人头疼。当要给他套上牵绳准备回家时，好运会停住脚步，狡猾地向我们望一眼，然后——总是以同样洋洋自得的步伐——向相反方向跑去。

让我们心碎的是我们能看出这个忘恩负义的小家伙是玩真的。显然，他要永远离开我们，他沿着陌生的街道仿佛有目的般雀跃地跑着，一次都没有回头。然而当我们追上他，或者开车在几个街区外把他拦下时，他表现得好像什么也没发生过。这说明我们只是在单相思。我不禁伤心不已。“滚吧，你个四处乱跑的小矮子！”一个早上他跑掉后，我在后面吼道。“怪不得你以前的主人扔了你！”

其他纪律严明的狗主人会心地看着我们的滑稽戏。毫无保留地向我们建议：给他带能让他窒息的锁链，试试条件反射训练，你得让它明白谁是主人。在某种程度上，当然，他们是对的：在任何城市里养狗，控制不了自己的狗就是在酝酿悲剧。但是，我和司各特都成长在狗可以到处乱跑，愿干吗干吗的地方。就像人一样，有些狗最后成长为聪明，活泼，幽默的狗，有些狗变得严肃而值得信任，而另一些则乏味而阴郁。（还有些被训得死听命令的狗，最后被车压死了。）

我们认为以惩罚为基础的训练有一个问题，即使是在市郊，这种训练方法也会把原本聪明活泼的狗训练成乏味的狗——我们不会把这种命运强加给桀骜不驯的好运。我们希望我们的信任和友谊最终能赢得他的心。目前，虽然我们一时有些不知所措。有一阵，把他抓回来后，绝望之中，我们也骂他，甚至打了他的屁股。但是，他更加想跑，我们也更觉得他背叛了我们。于是，失望之余，我们不但没有填平我们之间的裂缝，反而加深了它。

然而，如果一条好狗的标准就是机械服从的话，我们宁可要一条所谓的坏狗。而且我们已经能看到曙光。上次在公园里，好运又要玩不辞而别时，司各特用她以前哄他回小艇的甜腻的声音让他回心转意了。（这表明了两种可能性：一种就是我老爹对于动物只对真实的声音有反应的论断是错误的。另一种就是司各特的真实的声音就是像个嗲嗲的婴儿那样。）

还有一个新进展：如果我们出去时冒着被罚款的风险不给好运带那个他憎恨的牵绳，好运会老老实实地跟在后面，即使我们从公园往回走时，也是这样。我们开始觉得他对牵绳的恐惧和对自由的无限热爱，也许都是由于他曾经被长时间拴起来，无人搭理。这种渴望自由的灌木犬的命运大都如此。

六

只有一次好运从“贸易风”号甲板上掉了下去。那时我们正在莫顿湾张满帆航行。“狗落水了!”尼克叫道。他看到好运本来正在对着船体间激荡起来的水流咆哮,不知怎么突然掉了下去。当时我们正以每小时10海里的速度飞驰,还是顺风。到我们把前桅帆卷起,调转船头时,我们的“小浮子”已经是远处的一个小点了。随着船驶近,我们看到他在拼命向我们游来,他如此使劲儿,以至于半身都没入水中。我们把船开到他的身边,尼克一把抓住他的一条腿,把他拖上了甲板。

他肯定对自己很生气(大叫道“咔!”)。他允许司各特用毛巾把他擦干后,就钻到甲板之下,几个小时都没出来。除了那一次失足，他的平衡力可是只有他对膀胱的控制力可以相媲美。一个早上，好运连续15个小时没有小便了，我看着他在沿着甲板向前挪，直到来到一条支索前，然后他抬起一条腿，蹬在支索上，然后开始释放自己——足足快一分钟——直入大海。

我们领养好运八个月后，好运迎来了他的第一次远航：从布里斯班到306海里外的格莱斯顿。我们船上有两个水手，但是司各特没来。她在更北面跟踪报道一艘高桅横帆船的环澳大利亚航行。我们的计划是她在卡奔塔利亚湾的韦帕上岸，然后飞到格莱斯顿，和我们一起返航。

错过好运的首次蓝水远航，她很不开心，但是时间确实不允许。司各特保证和我们通过卫星电话保持联络——她还一直记得好运最近掉进莫顿湾的事故——她让我保证我们航行时决不让好运上甲板。

航行的前半程平静无事：沿着海岸向北，经过奴莎岬，来到达布尔艾兰角，然后在弗雷泽岛南端穿过比较危险的宽湾沙洲，再穿过大沙海峡，到达哈维湾。

我们在这个位于弗雷泽岛西北角的美丽的定时涨落的泻湖里游荡了两天。然后随着下午三点钟左右的潮水离开了哈维湾，开始了下一段前往格列夫人岛的80海里的航行。我们的航线几乎朝向正北。在大堡礁最南端的一系列珊瑚礁和岛屿之间穿行。这条路线白天景色很美，但是在没有月亮一团漆黑的夜晚，却很吓人。那时我满脑子乱想，害怕碰上水下的珊瑚礁，船毁人亡。

到晚上11点，天气预报的每小时15到20海里的海风已经吹到了每小时30海里以上。

那就是海面出现横浪的时候，好运不断被摇下沙发，然后他令人惊奇地自己找了个沙发靠垫把自己夹住。整个旅行中他都表现得像一个小骑兵：不晕船，身上非常干净，当我们要开船，没空理他时，他会自己蜷缩在角落里，呆上几个小时。

他会利用靠垫这一点第一次向我们显示了他真正的机敏和足智多谋。他不仅仅是一只前途远大的善于航行的狗，他简直就是一名天生的水手，当我们的船在深夜的大海上颠簸时，我向戴斯吹嘘。仅仅一小时后，我就发现好运从沙发上失踪了，而船舱的滑门是半开的。（几个月后，好运向我们示范了门只需打开几厘米，他就可以把鼻子伸进缝隙，把门顶开。）

把好运从甲板边缘抢回来之后，我情绪激动，久久不能平静。（要是他掉进海里，那我肯定是当场傻掉，不能思考。）戴斯瞧着我在沙发上给他擦干。“你知道，”他指出，“要是换一只狗，要小便的话，可能就直接在舱里了。”他说的没错，但是好运从不——从不在船上，也从不在屋里。就是罕有的几次他不得不在甲板上大便，他都会拉在靠海的边缘，很容易扫到海里的地方。

好运最特别的是，在这次只有男孩的航行中，他表现出不可思议的默契。人离他越近，他越能够读懂你的思维，预测到你的行为，他甚至会分享我们说的笑话。自从离开布里斯班，好运每天都会和我的记者朋友阿德里安抢沙发。好运认为沙发是他的。在我们停泊在格列夫人岛边的泻湖的第二个早晨，阿德里安一早去海里游泳，回来之后，发现这条短屁股的小猎犬已经先坐上了沙发。

阿德里安知道每次柴油机一被点燃，好运就必定会冲到船尾（对着冒烟的排气口狂吠一气，告诉我冷却系统工作正常），而他知道一旦有手去碰发动机钥匙，柴油机就会被点燃。于是，阿德里安把手放在了钥匙上。

好运闪电般冲出了门，准备到船尾去咆哮。几分钟后，他跑了回来，探头看看是什么被耽误了。到那时，阿德里安早就拿着一本小说，四仰八叉地躺在了沙发上，

“哈哈！”他得意地欢呼，“骗到你了！”

好运冲了进来，一下子跳在他身上，一边低吼着，一边转来转去，他很高兴有人和他开玩笑。他们闹了一会儿，然后互相和解，并排躺了下来，一起打了个盹。

第二天，当我们想驶进一条位于格莱斯顿附近的半封闭的潮河中去过夜时，我犯了个严重错误，差点撞上礁石。我们意识到我们在进口的另一端。好运感觉到了我们语气的变化，一下子跳上我身边的舵手座位。我向右急转，那边水深些。但是当时已经能够看到船龙骨下的嶙峋的礁石。

“停！停！”阿德里安尖叫道。

“后退！”戴斯高声喊道。

“咔咔咔！”(没余地了？！！！)好运叫道。用一只爪子不停地推我的胳膊。(他那表情，我瞄了一眼，简直就是恐惧感染症的经典教材。)

我谁也没听。我们身后有以几节速度上涨的潮水涌来，现在停下来或者后退都会让我们的三体船打转，失去控制。我们的船比较宽，平时就不容易掉头。我们唯一的机会就是穿过海流，继续前行到真正的潮河，同时希望贸易风号那0.9米的吃水能够让我们平安无事。最后这几百米简直是一种折磨，每走一步，前面都有更险的礁石。

当我们奇迹般地驶过一块又一块礁石时，(后来他们告诉我)我紧咬着牙关，不停地站起，坐下.而随着我站起，坐下，好运也立起，坐下。

“这真是太滑稽了，”我们安全抛锚后，戴斯笑道，戴斯以前是电视新闻制片，“唯一一件你做了而好运没有照做的就是：你像一头要被屠宰的猪一样大汗淋漓。”

七

戴斯和阿德里安从格莱斯顿飞回了布里斯班。我和好运则在当地的船坞修整。再过几天，司各特将过来，然后我们一起返航。我正好在这空当补充补给，修一下救生小艇上的一个漏洞，游览一下海滨。不知怎么的，好运知道我们正在等待他最喜欢的女人。当我慢悠悠地弄这弄那时，他在舱顶以他那鱼雷式姿势趴着，一趴就是几小时，监视着船坞里我们这一块的一切动静。

司各特在那艘高桅横帆船上采访报道。那艘船正在模仿马修·迈得的环澳洲航行。这是次有趣的冒险。她在位于托里斯海峡的星期四岛停留时，打来个电话。在电话里她讲述了碰到一位船长的经历。这位船长以前曾在海军服役，现在刚刚做好变性手术。当时，“她”（船长）正在岛上美容沙龙外面等着做比基尼热蜡脱毛。

司各特呆的高桅横帆船装备简朴，不准饮酒。船上的客人费用自付，还要帮忙拉缆绳，船上还有一群常见的青年志愿者们，他们个个都觉得自己就是那艘叛舰喋血记里的布莱船长。

“多买些酒和吃的！”司各特嘱咐道，“这帮无聊的死守规则的家伙真让我受不了了。”

当司各特到达时，贸易风号那宽敞的食物储藏区已经被塞得满满的了。冰箱和冰柜里也塞满了千奇百怪的各种好吃的和真空包装的肉（包括好运最爱吃的生鸡翅）。塞满水果蔬菜的胀鼓鼓的吊床让整个厨房闻上去像个蔬菜水果店。

即使按照我们的标准，吃的也绝对够了。我们趁早潮离岸，那天下午停在“薄饼溪”，薄饼溪在巴斯特得角后面，位置比较隐蔽，离格莱斯顿东南向东 30 海里。那里一般比较能避风。也还好能避风：第二天一清早，从东南方吹来一阵狂风，每小时 40 海里。虽然有海角挡一下，风还是魔鬼咆哮般地呼啸着吹过勉强抛锚在薄饼溪转弯处的四艘船的缆索。

到了下午，刺骨的大雨横扫下来。根据天气预报，我们可能要等些时候才能继续南下了。接下来的几天，随着狂风的加剧，贸易风号变成了老式记者所梦想的那种饭店：酒吧从不关门，饭店欢迎吸烟，说粗话和争吵，还天天提供丰盛的、耗时的饭菜（意式炖小牛腿骨，咖喱，德式红辣椒）。

每天两次，我们费劲地穿上雨衣，雨鞋，然后驾小艇带好运上岸，让他上厕所。如果雨太大，我们就带他到近些的一片沙洲，在那儿，他会在软沙上奔来奔去，把塘鹅惊起，在成群的到处乱爬的寄居蟹中高兴地跳舞。

在暴风雨的第五天大约半夜的时候，我们被岸上一阵让人毛骨悚然的激烈的狗叫声吵醒，沙滩上有野狗在打架。

好运爆发了，他一边咆哮着，一边在船舱里奔来奔去，仿佛急着要出去拉架似的。早上，我们在沙地上看到了巨大的狗爪印：不是一般的澳洲野狗留下的，而是那种现在生活在开发了的澳大利亚边缘的杂交野狗。只嗅了一下狗爪印，这只昨晚还姿态强硬的水手狗立刻就蔫了。

“噗嗤！”他哼了一声（意思是“不！”），然后就像被烫着了似的跑了回来，耳朵和尾巴都耷拉着，他紧紧靠着我的腿，直到我们要离开的时候。这些日子让好运从沙滩回到小艇上已经没有以前那么难了，而那个早晨，他先跳回了小艇，在小艇开动前就乖乖等在那里了。当时我们一驶离沙滩，他就跳到船舷的上缘，大声叫起来，要让任何能听到的凶猛野狗都听听。

到这时，我们对好运那点小心眼已经了如指掌了。他是个幻想家，长着四条腿的沃尔特·米蒂（患幻想症的人——译者），总是在让自己相信根本不存在的危险和挑战，然后再毫不畏惧地面对他自己的想象：半浸在水中的木头是藏在水里的怪物（无论他确认过多少次那就是木头）；骑脚踏车的人肯定是需要对其大声咆哮的魔鬼（但是只是在好运坐在车上的情况下，如果好运正在步行，那么他们又仅仅是骑脚踏车的人了）；所有的鱼都是要袭击我们船的凶残的入侵者，绝不能让它们靠近（除非这些鱼已经被捉上甲板,那时好运就对他们完全没有兴趣了)。

就当我们认为所有好运眼中的危险都是他的想象时,他喊的狼却真的来了。那次在海角另一边的那片空旷的沙滩上,我们正沿着一条灌木带溜达,好运突然跑到我们的脚边,大叫起来。

"又看到什么了?"我喊道,"僵尸美人鱼?食人巨型小龙虾?一边去,你这个小骗子!"好运伸出腿,直视我的眼睛,抗议地叫了几声。我们不理他,他像发了疯地叫,我们继续向前走。

"当心!"司各特突然高喊道,一把抓住我的胳膊。就在我们前方,赫然出现一条大黑蛇。它盘踞在沙滩的高潮水位线上,而我们一路是光着脚趟水而来。我们立刻站住,让还在不停鸣叫的好运到我们后面去,蛇慢慢爬回了灌木丛中。

"好样的!"我们齐声赞扬好运,但是四条腿的米蒂瞥了我们一眼,眼神很受伤,然后向前跑去。

(不久之后我们又经历了类似的事情。当时我们正在布里玛的沙滩上散步,这次好运一叫,我们就警惕起来,我在几米外的水草中发现了一张刚脱落的蛇皮。)

大风足足吹了十天才终于停歇,海面也才平静下来。到那时,糟糕的天气已经让两艘游艇遇难,当时两艘船正试图在格列夫人岛那小小的泻湖里避风。那里距我们东面只有25海里。(我们通过甚高频无线电收听到消息:游艇在狂风中撞上了环礁,所幸的是游艇触礁前,船员被救援直升机救起。)这对我们也是教训:泻湖虽然在天气好时是避风锚地,但是在每小时20海里以上的狂风持续肆虐下,它就会变成世界上最美丽的陷阱之一。

我们小山一样的储备几乎都被吃光了,我们在日出时驶离了薄饼溪,升起了帆,沿着海岸线向南。接下来的几天风平浪静,铁蓝色的天空,每小时大约10海里的顺风,船头一直有海豚护航。给贸易风号设置好自动航行后,我们所需做的就是躺在甲板上,看海岸线以每小时5到6海里的速度徐徐展开。

航行是如此平稳,我们放松了规则,允许好运在我们航行时上了甲板。驶离邦德堡后,我在一张豆袋沙发椅上午睡,醒来后,发现好运就睡在我头边，轻轻的打着呼噜，他的脸紧挨着我的。当我和他说话时，他转过头来，灵巧地舔了一下我的鼻子尖。“咔克！”他叫了一声，伸了个大大的懒腰，然后又睡着了。这样的好时光一直延续到我们进入弗雷泽岛和大陆间的大沙海峡，在那里，天空又暗了下来，预示着又一场强劲的南风。

对于所有赶时间的船来说，这风来得真不是时候：按照我们的计划，12 小时后，我们将通过蜿蜒水浅的海峡，准备穿越在福里泽岛南端附近的臭名昭著的宽湾沙洲。但是如果又起了大风，海水就会几天也不退，我们就无法穿越沙洲，完成回航的最后一段旅程。那天晚上我们在塘鹅湾抛锚，就在刚进沙洲入口的地方，我们展开海图，翻开巡航指导，开始研究。

已经起南风了。但是还没达到每小时 20 海里。如果今夜风力不是急剧加大的话，我们可以趁早晨涨潮时穿越沙洲，然后在附近的双角岛后面躲避，等待风停。这样，我们就不会因为一旦沙洲的通行条件持续恶化，被困在海峡里，那会意味着进一步的耽搁。

我们制定计划时，好运跳上桌子，看上去在研究海图。他焦急地听了司各特说了她的主要担心（如果海水已经过于汹涌我们不能安全通过怎么办？），然后转过头来听我安慰司各特说不要担心——显然我那乐观的语气安慰了他——他又转回到司各特那里，脸上的表情好像在说："我们这样行吗？"（航行一个月后，他对我们的意图的理解能力已如此之强，以至于现在我们几乎每次交谈都算上他一个。）

第二天一早，我们打开甚高频无线电，发现在那片不到一小时我们就要尝试穿越的沙洲上正有事故发生。一个独自航行的水手通过无线电呼叫了地方海岸警卫队志愿者，报告说他将从公海进入沙洲。他没有配备全球导航定位系统，也没有海图，所以不能按照通常的坐标来避开沙洲内的危险海域。他的小游艇只有一个舷外马达。他的无线电联系方式也不正规。

"啊，去他的，"他拖长了声音说，"我就这样进去了！"

虽然海岸警卫队不停地呼叫他，在十分钟左右的时间内他那边一点声音也没有。然后，他回来了，在一片风静电干扰声中尖叫道："哦，不！哦，天哪，它们太大了，我完蛋了，完蛋了！"然后他没声音了。

"保持镇静，"有英格兰口音的海岸警卫队员不停的说，"保持你的航线。等你过去之后，你就可以给自己好好泡上一杯茶。"

又一阵静电噪音，然后："……去他妈的茶！我彻底完了！哦，老天啊，现在就……"然后他又没声音了。

桌子对面，司各特和好运并排坐着，一起盯着我——这个想带她们去所有这些尖叫发生的地方去的人。有那么一刻，看上去她们两个都戏剧性地挑起了右边的眉毛（这差点让我也尖叫起来），但是当我眨了眨眼，定睛再看时，发现那只是司各特。

"我们真的有把握吗？"她问。

"呼！"（跟我们说实话！），好运哼了一声。

"当然，"我撒谎道，"让我们现在就出发，以防赶不上潮水。"

我们出发后，司各特呼叫了海岸警卫，要通过沙洲都要例行报告一下。接线员告诉她浪潮还不算太大。早些时候穿越的两艘拖网渔船报告说在沙洲外缘有些“立起来”的大浪。他没有提及那个独自穿越的水手。

几分钟后当我们绕过海角，我们看到了那个水手嘟嘟地向我们驶来。他的小艇一片狼藉。缆绳和帆拖在海水里。小艇有些倾侧，肯定是船底进水了。那个独自出海的水手蔫头耷脑地呆在船尾舵手座里。这时，我们的无线电突然响了起来：“贸易风号，贸易风号！”

是他！还没等司各特开口，无线电里焦急的声音急速说道：“别去那，贸易风！那里简直是他妈的噩梦！到处都是他妈的巨浪！我重复一遍：取消航程！取消航程！”

取消航程，取消航程？

司各特惊慌地看了我一样，但是她那颇有外交风度的回答没有泄露什么：“尖叫者，尖叫者（这可不是那人的名字），这是贸易风。谢谢你的关心。但是我们装了全球导航定位系统。所以对我们来说会容易很多。很高兴看到你挺了过来，通话完毕。”

停顿，然后：“……去他妈的全球导航定位系统。女士，我说的是墙一样高的浪。你们他妈的别去！”到这时，他已经驶过我们20米，他拼命对着我们渐行渐远的船尾比划着什么。前面是一片被称作洗衣机的内沙洲——这里并不是只有很多碎花浪，而是沿着这条狭长的沙洲浅滩的边缘，几股湍急的水流交汇成一片，波浪滔滔，海面汹涌。

虽然我们以前穿越过几次这片沙洲，但是那个独自航行的水手的警告让司各特重新害怕起来，她坚忍地盯着前方，而好运蹲在舵轮边的一个小架子上，捅了捅我的胳膊，——“咔咔咔！”还有几分钟我们就要到达沙洲了，我又重复了一遍昨晚我们认为可以穿越的原因：我们所要做的就是跟着全球定位系统从一个航路点开到另一个航路点。第一个航路点已经被我们甩在后面了；第二个——我们正接近的那个——就在“洗衣机”地区的靠海这边的最外缘，最后一个则已经在沙洲另一边的安全水域了。沿着这条久经考验的航线，我们将能够避开沙岸，那里海水汹涌，常会形成巨大的碎花浪。

只有在海里的涌浪比今天大得多，而且在航线附近形成横浪的时候才会有真正的危险，或者像尖叫者那样，驾着一艘不该穿越的船去穿越。（确实有一个让我担心的问题：虽然我们多次花了大价钱维修，我们那陈旧的柏金斯柴油发动机——我的一个土著朋友给它起名叫“查理”——在这样恶劣条件下还不知会表现怎样。）

但是已经没有时间考虑那个了，因为我们已然进入洗衣机的势力范围。我们就像是骑了一头桀骜不驯的机械牛，船的每一部分都在同时摇晃，震荡，颠簸。好运被从他栖身的架子上弹了下来，在舱内画出了一条壮观的弧线。司各特迅速松开她一直紧握着的立柱，一把把飞翔的猎狗从空中抓了下来——她以前可是无栏板篮球高手——然后，一人一狗咒骂着，哼哼着倒在了沙发上。

逆风又逆水，我们的速度已经慢到每小时三海里，但是我不敢加大马力，害怕查理·柏金斯会过热。我们极慢地向第二个航点驶去。在我们两边（有时只有 50 米远）大浪拍上沙岸，激起一片白色的浪花。然而，风力突然增强，正面向我们吹来，我不得不加大马力，不然会被吹离航线。当我们驶过第二航点，对准最后一个航点时，温度表在攀升，柴油机的废气在舱内飘荡。（幸运的是，一般情况下，女人和狗几乎都不会检查引擎表。）

我们花了很长时间才抵达最后一个航点。在最后这一段航程，我们碰到了一组越来越陡的三米高的涌浪，翻越最后一个浪时，我们的船头直指蓝天，然后，贸易风号翻过浪峰，跌入浪谷。然后，就结束了：我们穿越了沙洲！我关小油门，调整风向，好让主帆更能发挥作用。刚刚我全身汗湿，现在汗干了，人觉得很冷。同时看到温度表回归了正常。

司各特呼叫了海岸警卫队报告我们安全通过，并描述了海上的情况。几秒钟后，另一艘游艇呼叫了我们："听到你们的声音太让人高兴了，贸易风号，"一个美国女人说道，"那个没装导航系统的疯子让我们都很担心。现在我们自己就要出来了，谢谢你们的报告。"

一个小时后，南风停了，我们高兴地欢呼起来，好运也兴奋地叫了起来。取而代之的是每小时10海里的偏北的西风，回航再适合不过了。

八

在布里斯班附近的一条长满红树林的小河岸边，有一座兼作干船坞的码头，三条狗正在这满是灰尘的船坞里四处溜达。隔上几米，它们就会停下来轮流在一大块生锈的引擎上撒尿，或者闻一闻地上一摊看上去脏兮兮的液体，或者在一条已是废墟的旧拖船里看看一团高度可疑的东西。对于一个路人来说，三只狗看上去像是老朋友。其实，从它们相遇的那一刻起，其中的两只就注定要进行一场史诗般的船坞野狗大战。

这是我们来船坞的第一周，贸易风号已上岸，正在等着换一个新的柴油引擎，重新油漆一遍。这次大检修可能要让她至少一个月不能下水。我们为了修船请了假，而且雇了尼克来帮忙。他比我们晚到几天。他来时，好运——依旧是杰克的忠诚跟班——看到他的偶像从那辆熟悉的小货车中跳了下来，高兴坏了。哼哼着，屁颠屁颠地带着杰克参观船坞。

从我们较高的甲板上，能看到好运把杰克介绍给他的新朋友，呼噜。“哦……哦，”尼克说，两只狗开始互相闻，“那种狗杰克对付不来。”呼噜是终极领头的杂种狗：大胸脯，大嘴巴，死鱼般的眼睛，身上到处都是伤疤。他和杰克一样高，但是更肥更壮，还带着一股在小镇警察身上常见的迟钝又蛮横的劲儿。在某种意义上，他就是这个船坞的“警察”。作为船台经理的狗，呼噜是下班后的看门犬。晚上他都被拴在办公室附近的一根钢柱上。

每天早上它们碰到时，好运就会滚倒在地，顺从地任呼噜用他那被打塌了的鼻子上上下下闻一遍。但是这不会发生在杰克身上。杰克这样不服从他几天之后，呼噜决定要捍卫自己的地位。它们下次遇到时，船坞“警察”将杰克撞到一边，然后像一匹小马一样向地上撒尿，再用力刨了刨地，顿时，石块乱飞，有的甚至飞到停着的车上，再反弹回来。杰克围着他转了几圈，然后对准呼噜撒在地上的尿也尿了一泡——这是一个直接的挑战。好运溜到远一点的地方，蜷缩在阴影里，向我们焦急地望了一眼。

“赫！”呼噜低吼道，怒不可抑。

“赫！”杰克低吼道，也踢起一片石块。

“杰克！不要！”尼克跳了下来，把他的狗拉走。

这天剩下的时间里，当好运，呼噜和其他的狗继续巡视船坞时，杰克被拴在船甲板上。

第二天一早，当尼克和我正挤在机舱中，费劲地把老柴油机引擎从它那生了锈的托架上拆下来。不可避免的大战在底下的场地上爆发了。等我们赶到那儿，两名工人正分别拽着呼噜和杰克的后腿，想把他们分开。

但是两只狗不停地挣脱束缚，扑向对方的喉咙。现场一片让人毛骨悚然的咆哮、疼痛的尖叫和愤怒的喊声。

(“坚持住！……拿该死的水管来！……踢他的屁股！”)石块乱飞，砸起了油漆罐，电导线缠成一团，人们挤在一起，骂骂咧咧。虽然能征善战，但是杰克还是在呼噜那老虎钳一般的嘴巴面前败下阵来。呼噜死死咬住他的前腿，怎么也不松口。

接下来的几秒钟就像做梦一般，杰克不停地尖叫，我看见我的儿子把一个工人推到一边，一把揪起呼噜的后脖子，然后对着他的脑袋打了两拳。伟大的看门狗一动不动了。

尼克抱起杰克，跌跌撞撞地跑下船坡，来到小溪边，为他清理伤口，尼克后来解释说。“我一点也不知道我会那样做，”他告诉我们，还是一副吃惊的样子，“只是看到那么多血，我就想我现在得给杰克洗洗，不然他会死的。那是我脑袋里唯一想到的。”

当然，杰克没有死。只是被咬出几个小洞，还谦卑了一阵。而呼噜，片刻“安眠”之后，爬了起来，蹒跚走到他最喜欢的那摊化学废料汤前，喝了几口，恢复元气。船台经理觉得这简直好笑极了。两天之后，杰克和呼噜就恢复状态，要开始第二轮交战了。然而，那时一件令人惊奇的事情发生了：两年来，我们神秘的小猎犬一直没秀过他的看家本领呢。

好运和杰克在贸易风号船尾边玩耍，附近有一个两米高的梯子。呼噜和另一只不好惹的船坞狗发现了他们，他们围了上来。我差一点就要爬下去，扔东西了，就在这时，好运跳上了梯子，动作麻利地沿着梯子向上爬，上了甲板。然后，他向下面的杰克叫了两声，杰克坐在地上，一边向上看，一边哀鸣着。当呼噜和他的伙伴快要扑到他身上时，杰克跳上梯子，开始向上爬。我几乎不敢相信自己的眼睛（就像那次在海上看到好运利用沙发垫一样），我叫司各特快来看。

杰克爬到一半时，僵在那里动不了了，他的长腿卷成一团，我们不得不帮他上了甲板。他一上甲板，好运就冲到甲板边，冲着下面一阵嘲弄地狂吠，吓了呼噜一跳。当船坞狗离开后，我把我们的小天才放回地面，然后让司各特从甲板上叫他，他跳上梯子，直接爬回了甲板。几天之内，杰克也学会了爬梯子，虽然他们两个都不会下梯子。从那时起，只要听到他们噼噼啪啪地爬上梯子，就说明呼噜又来拜访了。

经验之谈：把你省下的每一分钱都花在你的船上，它会大致保持原样；停止花钱，它就会迅速朽坏。

另一个经验之谈：有游艇的不切实际的人（比如记者）在和生意人打交道时毫无优势。他们可以装作懂行，企图蒙混过关，或者老实承认自己啥也不懂，只有付钱的能力。前者你装不了——“这是不是机轴三角皮带驱动的离心式叶轮？”柴油机机修工会问类似的问题——而后者则几乎保证他们将付出一大笔钱，就是傻瓜被敲诈的附加费。

随着在船坞的日子一天天过去，我们存放收据的水果箱也渐渐满了。我们买过油漆，砂纸，填充剂，一次性工装，灰尘面罩，不锈钢螺丝钉和螺栓，租借工具，船用三合板，玻璃纤维合成树脂，等等。还有那些大笔支出：一个新的60马力的柴油机引擎，改装现有的工具箱，一个新的通风管道和新的螺旋桨，重新布线，新电池。最后，一点也不便宜的东西还有：雇用机修工装新马达的费用，油漆工油漆船外体的费用（我们自己用砂纸打磨过），还有船坞的每周租金。

我们无怨无悔，满头大汗的劳作和大笔花钱的动力？当然这是我们的巡航梦想。我们互相提醒，几年后，贸易风号将既是我们的家，又是我们通往天堂的门票。而且不像上次那样只有六个月，而是几年。

“我们将用我们新的装有电转烤肉架的炉子烤鱼。”司各特喊道。她正在闷热无比的舱内用打磨块打磨。

“然后把它们装在香蕉叶子上，再配上牡蛎。”我喊道。我正被船坞里那个腐败的水箱的臭味熏得直恶心。

“我们将永远不再订计划，”她喊道，“除了要去逛逛路上的每一个岛屿，每一个沙洲，每一个珊瑚环礁，每一个海角，还有每一个海湾。”

“我们将再也不用采访那些大脑空空的该死的名人！”我尖叫道，一边呵了呵刚刚被磨破皮的指关节，“除了新卡里多尼亚的那个著名的部落，他们崇拜菲利浦王子，给他做了一块巨大的遮阴布。”

一个早上，贸易风号的翻修工程进行到一半，我听到靠近梯子附近的船体有人敲了一下。是一个浅棕色头发的男孩，我们曾在船坞看到过他。在他怀里扭来扭去的是好运。“这是你们的小狗吗？”他问。

我告诉他是的。他顿时满脸失望之色。

“太糟糕了，”他说，“因为这就是我想要的狗，我找了好久了，这种狗不多。”

他都在哪儿找的？

“就是周围，”他说，“我一直都很注意。但是大多数走失的狗都很大个。而爸爸只同意我养一只小狗。”他把脸埋近还在挣扎的好运，好运不耐烦地低吼两声。

“你最好放他下来，”丽萨劝道，“他不怎么喜欢被人抱。”

一被放下来，好运闪电般上了梯子。

“哇，”男孩说，“那绝对是我想要的狗。”

从那以后，山姆经常来和好运玩或者帮忙磨砂，这个活好像没完没了。在过去的5年中(大约他的一半年纪)，他和他父亲住一艘小游艇上，游艇停泊在离下水滑道不远的地方。高高的个子，蓝蓝的眼睛，山姆好像是从另一个时代旅行来的。那个时代还没有把孩子和时尚邪恶地捆绑在一起。他穿着褪了色的短裤和没有广告商标的T恤。他的脚掌宽宽，脚底已磨出老茧。他的四肢有很多伤疤，显然来自小溪内布满牡蛎壳的河床，生锈了的铁桩和其他暗藏的危险。（看他吹着口哨穿过船坞，或者驾着小船去钓鳊鱼，让我恍然觉得正在看着很久以前的自己。）

山姆最引人注目的就是他的热情。“这个鱼堡，”一次吃午饭时他宣布道，“是我自从大约1997年来吃过的最好吃的东西。”他闭上眼睛，咀嚼着最后一口。“嗯，”他说，“我觉得没什么比鱼更好吃了！”作为他帮忙的报酬，我们送给山姆一些小部件，他可以用来翻修自己那艘小小的帆船，还能从附近外卖来鱼汉堡。

山姆知道船坞附近的每一个人。他常常告知我们他们的近况。一个看上去颇有气势的女士穿过船坞，她穿着短短的斜纹布短裤，拖着一只有轮子的小皮箱。“那是莎莉，”他说，“她以前和墨弗住，但是他除了喝酒，还是喝酒，所以她现在搬到拉斯那里和他一起住了。”一条极老的，体型颇长的狗，拖着纤细的腿慢悠悠地蹭过来。“嗨，蜈蚣！”山姆喊道，狗停住脚步，摇了摇它那没有毛的尾巴。“那是这条河周围最老的狗，”男孩爆料，“比我老得多了。”

山姆告诉我们他的妈妈几乎一辈子都在生病，生他时还几乎死了。他父母离异后，他和他父亲生活在一起，因为他妈妈疾病缠身不能照看他。他父亲在船坞打打零工，沿着小溪泥泞的河岸兜揽些别的有限的生意。当他不上学或者也没在我们这里帮忙时，山姆会干活赚一点钱。他的活是清除泊在附近的几艘破破烂烂的拖船船底那些散发着臭味的污泥。

看管这些拖船的老酒鬼告诉我们这个男孩工作卖力，但是“废话太多”，孩子应该被人看见，但是应该闭嘴。

这个意见在船坞里好像很一致。“大多数人都说，‘闭嘴，山姆。’”男孩爽朗地告诉我们，“我说啊说啊。然后，我不得不闭嘴。”有时我会在脑子里自己和自己说，但是一会儿我就忘记了，又把我所想的我都说了出来。这时，路过的人就说，“嗨，山姆是不是喝醉了，还是怎么了？”

男孩对我们说的有些话显示：他一连几小时地在听孤独的男人说话（女人是麻烦，喝朗姆酒会让最好的朋友打起来），而有些话，就像他叙述和他爸爸的远航冒险，一生只有一次的奥林匹克冠军般的远航，就可能只是他自己和自己对话时产生的假想了。一个多月的时间里，我没看到他和别的孩子玩。

不耐烦船上没完没了的工作，好运有时会跟着山姆在船坞转悠。

有时，我们会允许男孩带他到小溪远一些的地方在石壁上钓鱼，或者去拜访他的“最好的朋友”：一个越南女人，她和她的老男人住在隔壁的一个拖车公园里。“她和我聊的更多，”山姆说，“当我去她那儿，她总是说，‘小山姆，有什么新闻？’然后还没等我开口，她会把她的新闻全部告诉我……”

河边过去一些，就是放置那些快速反转船的地方。船坞被拓宽，以容纳一些露底搁浅的游艇、汽艇和一些自造的奇怪的船。这是山姆另一个常呆的地方。这里，长期居民已经在生锈的机器和被遗弃的船壳中开辟了花园和野餐区。这里的居民被称为“新芽”(因为他们在这扎了根),有些人已经像这样生活多年,在他们那慢慢腐烂的船中间像螃蟹一样,钻进钻出,你要耐心地观察一阵才知道他们在忙活什么。

有些人已经放弃了再回到水中的希望;有些人从未下过水(虽然他们几年来一直认为他们自己建造的船就要出航),还有一些,就像“水螅虫”,被自己吓回了海滩。很久以前,根据船坞里的传说,在一次沙洲穿越中,大浪打翻了他的小单桅纵帆船,他几乎淹死。船受损面积不是很大,但是“水螅虫”决定在下次下海前要加固他的船体。他在狭小的,闷热的船舱内干了一年,多加几条肋拱,再加上一层厚厚的玻璃树脂。加固了船头,重修了横梁,加重了龙骨。然后安装了更重的船缆,更大的绞盘,更粗的锚链。

当它重新下海时,“水螅虫”那一度灵巧的游艇几乎当场沉掉,因为加了如此多的东西。它回到了船坞,在那儿,可怜的“水螅虫”又花了几年的时间拆掉他以前加的。在这过程中,他的眼睛和嘴巴附近发出几十个疣一样的小肉瘤，所以他才有这个绰号，人们怀疑他是中了玻璃纤维的毒。他开始酗酒，在和铁锈的拉锯战中被远远地甩在了后面，他的小船彻底没戏了。但是他从来没有意识到这一点，船坞里也没人非要和他说明这一点。

现在每天“水螅虫”和他的一起喝酒的伙伴按时在船坞溜达一圈，常停下来给那些“忙成一团的人们”(指任何有计划的人)一些基于他们的经验的建议。如果一个新来的提到任何一个他打算雇佣的当地的生意人的名字，“水螅虫”就会不祥地呻吟一声，他的拇指和食指在一起搓着。“你买了微软的股票了，是不是?”他的同伴仿佛排练好了似的插上一句。一边满意地窃笑着，他们继续向前走去。

最奇怪的一位“新芽”，比其他人都要奇特很多，是一位被称为“大桶船长”的。他的名字来自他那艘滑稽的船：一个生锈的浮筒上绑了几只塑料鼓。他神神秘秘，脾气很坏，平时骑一辆噪音很响的旧摩托。据谣传他还因暴力犯罪蹲过监狱。大桶船长是让山姆感到害怕的人。

“如果你看到他来，看好好运，”男孩警告我们说，“他恨很多东西，但是他最恨狗。”

就像山姆的很多别的情报，这条也证明非常准确。

据船坞别的住户说，大桶喜欢搞阴谋诡计，他散布的那些恶意的流言让他一个朋友也没有。他还是个崇尚规矩的神经病，要求船坞禁止狗入内（因为狗喜欢追他的摩托车），他还是个兼职传教士，常常站在街角，用地狱里的永久折磨来恐吓来往的“罪人们”。让我们头疼的是好运几乎就像大桶明显地恨狗一样恨摩托车。

（从我们领养他那天起，他就是这样的。一次，十几个无法无天的摩托车手从邦德堡的咖啡馆里晃出来，接着在街边发动了他们的摩托。好运挣脱了他的项圈，在他们中间转了一圈又一圈，疯狂地叫着。没人抓得住它，直到那些大笑着的亡命之徒同意关掉他们的发动机，好运立刻没了兴趣。）

从那以后，不可解释的，好运无视大摩托，只开始追跑噗噗噗的两轮小摩托。这种小摩托发出的声音就像草坪修剪机发出的让人鄙视的噗噗声一样。不幸的是，大桶船长的两轮旧摩托发出的正是这种放屁般的噗噗声。于是，一个下午，就在我们离开船坞的前几天，街头传教士和短屁股小猎狗不可避免地相遇了。事情本身没什么：大桶噗噗地驶过，好运头一次追了上去，吠叫着。大桶停下来，想踢他。然后，他爬下摩托车，从鞍囊中拿出一根木棍，大步向我们走来。

司各特一把把好运抱起，把他放到了车里。我迎上前去，想道歉。大桶继续向前走，直到我们差点碰到。他看上去50岁上下，苍白的眼睛，坏掉的牙齿。“我非杀了那条狗，”他说道，一副在劫难逃的语气，用他的棍子指着好运，“如果不是今天，就是明天，如果不是明天，就是……”

他浑身一股令人作呕的甜腻腻的腐烂的味道，就像被扔在某处的木头烂掉的味道。

“没必要威胁嘛，”我对他说，“他就是一条小狗。我很抱歉他追你，但是如果你能把你的摩托车的降噪装置修一修的话，也许狗就不会……”

“我以前干过，”他打断了我，仍然盯着好运，向小溪方向挥舞着他的棍子，“又脏又臭的狗应该被绑起来。又脏又臭的狗没被绑起来，就该被扔进河里。嗯？嗯？”

到这时，我决定像他一样和他玩：又凶又横。“滚开，你这个变态的小杂种！”（他退后一步，第一次眼睛直视了我。）“我知道你住在哪儿。”我咆哮道，“如果好运有什么事，我会过来，然后把你那艘该死的笨船塞进你的屁股里，一个桶又一个桶！”

他又后退了一步。“我要举报你！”他一本正经的说，然后，向后转。就在那时，我们看到呼噜穿过院子，向摩托车晃去，那摩托车还在噗噗作响。“滚开！”大桶尖叫道。但是太晚了：抬起一条腿，呼噜对着这个讨厌的机器就是一泡尿，他的尿就像尼亚加拉瀑布一样。甚至大桶把他的木棍扔过去以后，呼噜还是照尿不误。明黄色的尿液撒在摩托车的落满灰尘的外漆上，到处都是。

“天啊，那太棒了，”司各特在回家的路上乐个不停，“我从没看过一只狗能撒这么多尿。还有大桶抱怨时，船台经理光是不停傻笑的样子。我觉得大桶冲进他棚子时他肯定正在吸大麻。”

我们在船坞的最后几天忙着处理收尾的工作。“水螅虫”和他的喝酒伙伴感觉到了我们的迫切，来得更勤了。“忙碌，忙碌，忙碌，”水螅虫说，“快，快，快。”

最后一天的早上——我们计划利用下午潮启航——山姆来了，他主动提出带好运去钓鱼，好让我们最后精加工一下我们那闪闪发光的游艇。

“我会非常想你的。”他说，眼睛正视着好运的脸，“除了我叔叔的狗，他很聪明但是非常老了，我从未遇到过像你这样的狗。”

“咔克！”好运叫了一声，眼睛也凝视着他。

我们看着他们沿着溪岸走去；好运不时停下来，在石块间寻找老鼠的味道，山姆喊他，他就跑着跟上去。几小时后，当我们终于出发时，男孩爬上了滑道边的一根高高的柱子，向我们拼命地挥手。“再见，好运！”他喊道，“我希望你能活很长很长一段时间！”

我们转过小溪的拐弯处前，最后看了一眼船坞：静止的船桅像一片森林。桅杆上的小小的风向标齐刷刷指向大海，好像它们就要启航。

九

这是一个明亮的早晨，在我们海边的新家。当我睁开眼睛，首先看到的就是好运蹲在床上看着我。他看上去很热切，但是有些不耐烦，好像他已经等了一段时间。一旦他意识到我醒了，他的嘴巴啪地张开，耳朵竖起，眉毛弯下，两眼放光，整个脸都亮了起来。

“咔克！”他哼了一声，然后肚皮贴床爬过来，舔了一下我的鼻子，现在这已经是老规矩了。我摸摸他的耳朵，他嗡嗡地叫了几声，打了个滚，靠在我的肩膀上，把他丝绸般柔软光亮的头埋在我的脖子上。很快（他知道至少一小时后司各特才会醒），他又睡熟了。我有点想找本书看，但是伸出手去够书，会吵醒他们，于是我忍住看书的冲动。隔着窗子，我看到一只白色游艇正飞速驶过莫顿湾。

我们租的房子很宽敞，前面还有一片玻璃墙。位于伍迪角的水滨，在红崖堡半岛上，距布里斯班以北30分钟车程。这房子在城里肯定租金得翻倍。但是布里玛日益壮大的绅士大军(人数多的最终把我们挤出了布里玛)还没发现睡意朦胧的古老的红崖堡。另一个好处是，这里离新翻修的贸易风号停泊的海港只有10分钟路。我们周末随时可去继续后期的翻修。

离在船坞和大桶船长发生冲突已经过去几个月了。然而，那场冲突印在了我的脑海中——“又脏又臭的狗应该被绑起来，又脏又臭的狗应该被扔到河里去，我以前干过。”不停困扰我的是他说这些话时那痛恨的语气，和那种在他的憎恶背后的完全的自以为是。(冲突后不久我做过一个梦，梦到大桶把那种宣扬世界末日的广告板挂在身上，像毒蛇一般向路人嘶叫道，让人悔改。第二天一早，我告诉司各特，山姆和我最怕的人是同一个。)

难道这只是一种巧合：这个明显不正常的人同

时又是个宗教原教旨主义者。可能。然而，在这个科学昌明的时代，我实在看不出，完全按字面意思接受圣经（比如，《创世纪》写道：上帝造人是为了让人统治所有其他没有灵魂的生物）和其他更常见的疯狂有何明显的不同。

伸长胳膊，我够到了一本关于动物心理学的书，悄悄看了起来，没弄醒她们。自从养了好运之后，我就开始对这种题材入了迷，每经过一个书店，都必买这方面的新书。

在《狗从不对爱撒谎》一书的结尾，作者兼心理分析师杰弗里·穆萨耶芙·梅森暗示道，犹太基督教对狗，以及所有的动物的态度正在被一种更加平等的观念所取代："变化很慢，非常慢，我们人类开始理解，也许是历史上的第一次，人类并不是创造的顶点，只是所有存在中的一部分而已。这意味着我们必须与其他生物分享我们这个星球……其他生物拥有和我们同等的权利，同样有权享受大自然赋予的恩惠和纯粹。"

就像爱狗的梅森一样，我也不信什么宗教。然而，甚至在现代的世俗社会里，宗教教化仍然强烈影响着人们对待狗的方式。而且影响不仅仅表现在像大桶那样明显的符号化的人物身上。直到最近，大多数心理学家，哲学家，个体生态学者，还有科学家都一直反对“动物有感情”这一概念，他们认为动物不会对别的动物表示同情，也不会感到痛。

所以，在别的方面通情达理的人会把狗看作奴隶就毫不奇怪了。他们对狗有着严格的生理要求：狗可以以某种基本而又可以取乐的方式活着，但是不可以有一点点像他们自己这样有感知力的生物一样的复杂需要。不久之前，我们的邻居带着他们的孩子离家度假一个星期，但是家养的狗却被留在家里。这只狗又老又瞎，独自在他们的后院里蹒跚。它是有吃的，有地方住，但是他还是不停地可怜地哀嚎，一方面因为孤独，另一方面(可以想象)，它越来越怕这突然又可怕的隔绝会成为永久性的。

几天之后，我拿了个旧收音机，把它放在狗窝附近，让它一直开着，这好像有点帮助。狗的主人回来后听说他们的狗那么伤心感到很惊奇。要是我告诉他们，他们的手推车和割草机在他们不在时伤心掉泪了，他们也一样会这么惊奇吧。然而，这对在别的方面都考虑周到的夫妻却没为他们的狗的痛苦感到任何悔意，只是为给他们邻居造成的不便感到不安。

这种心态显示出他们并不关心杰弗里·梅森所说的那种在一只狗内心深处的经久不衰的神秘："我们以为我们已经完全了解他们，我们看着家中的狗的眼睛，那种光亮，那种深沉会让我们停下来，'你到底是谁？'我们会在那一刻问这个问题。狗会笑一笑，用我们很熟悉的笑，但是它不会回答。他们最深的秘密从不示人。"

大多数生活在郊区，但是自由受限的狗最喜欢的事情却是毫不神秘的：他们每天的散步，或者"锻炼"——就像那些驯狗学校喜欢用的字眼。但是任何仔细观察过一只狗的人都会发现锻炼只是这仪式的次要属性而已。这是个社会活动：失去自由的宠物们和别的狗狗接触的唯一机会，参加那个维持它们生命的轮流撒尿，再轮流去闻的复杂社交活动的机会。不难想象，这需要它们能够按照自己的步伐来散步，允许它们有时间在那个我们无法理解的味道的世界里畅游，这对它们是如此重要。

纪律主义者认为这是狗主人过于软弱。他们会问:“谁在溜谁?”然后加快脚步,达到与宇宙主人相称的速度。他们毫不犹豫地使用窒息链条,这样被他们拽着沿着街区“锻炼”的狗永远也不可能有任何愉悦或社交。一如既往,遛狗只是他们自己健身计划的一部分,他们如果让一只四处乱闻,到处撒尿的小杂种扰乱了他们的心脏有氧锻炼的话,那可是天大的笑话了。

在伍迪角,沿着涨滩(高潮线和低潮线之间的部分——译者注)带着狗散步就悠闲很多。在浓密的树荫中,老人们站在那里闲聊,他们的狗或在沙滩上奔来奔去,或在浅水里懒洋洋地戏水。这地方有一种颇具反抗精神的制罐厂大街的味道,让人想起这里那些紧密团结的战斗者的历史。(每一次地方议会在沙滩上竖一块禁狗的牌子,就会有人把它拔掉。)常来遛狗的大多是老人,他们时间充足,无所事事,在沙滩上慢步走着,这步伐对于他们的宠物来说可谓完美。

从好运的角度看,更好的一点是他们养的大多是那种身材娇小,活泼灵巧的狗狗,好运喜欢的那种。才几个星期，他结识的朋友已经比我们住在布里玛时一年认识的还多。拉尔夫是一条小型狐狸狗，粗毛耳朵有点背；玫瑰是个爱调情的小绒球；乔治是那种古老的草狗，还有那个撒尿三狗组的三只吉娃娃，它们被称作撒尿密友。好运最好的朋友是提姆小猎犬，提姆的主人，被他们那深情所感动，每次我们一来，他就摘掉提姆的牵绳，这样他们就可以一起啪嗒着耳朵，摇着尾巴自由奔跑了。

好运还交了一个朋友，是一个住在超市推车里的古怪精灵的流浪汉，在他身上丝毫没有城市流浪汉那种畏畏缩缩的样子。每次他路过我家，这个满脸胡子，嗓音粗哑的酒鬼都会停下来和好运聊一会儿。好运发出他保留给极爱的几个人的嗡嗡声，然后举起前爪刨着。流浪汉就咧着嘴对他笑着，大声说:“嗯，小伙计，如果不是你这个值得信赖的小家伙这么说，我绝不会相信的。”

这个流浪汉会在人身上引发同样的反应。一次，我们的车停在本地购物中心的一个十字路口附近，我们看到他的推车停在一个扶着助行架的老人身旁，老人正要过街。“和你比赛，看谁先过去!”流浪汉叫道。旁观者惊奇地看到他们居然真的开始比赛——一边笑着，一边像少年一样肩并肩地跑到了街对面，然后停下来握了握手。

但是，不是我们那一片的每一个人都像刚刚从斯坦贝克的小说（此处是指前文提到的他们这里像"制罐厂大街"，《制罐厂大街》是斯坦贝克的著名小说——译者注）里溜达出来一样。也有不多，但是嗓门却不小的一些人仿佛是直接从《我的奋斗》中正步走出来的一样。

他们大多数是50岁以上的男人。他们是偏见的集中地。最初他们是被那个充满偏见的玩占卜的神棍波林·汉森（澳洲政治人物，反对移民——译者注）引出来的。现在他们变成了汉森主义的耀武扬威的代言人，而汉森主义早已被重新包装，贩卖给了霍华德政府。

他们中的一小撮人一直在给本地报纸写信，攻击任何批评霍华德政府偷偷支持伊拉克灾难的政策的人。他们中的一个写道，伊拉克战争的细节，"我们没有必要知道。"（即使在我父亲生活的年代，这些脑子需要敲打的家伙——常常是我老爹的主要支持者——通常都住在乡下或者像红崖这样的地区中心，于是这里被称为：乡下傻瓜边缘带。）

其中一个脸色红润的前军人就以在潮滩天天硬拖着他那已经年迈的小猎兔犬急行军著称。

“看到没有，这条小路一路上都是大粪块？”一个比较低调的遛狗者拖长了声音说，“那是他连让他那可怜的狗停下来大便的时间都不给。”

几天之后，我们就亲眼目睹了这种折磨，就在我们前面：当小猎兔犬刚想蹲下来，他的主人“嗷！”的一声，猛地一拉皮带，小狗一个踉跄，然后主人继续向前，小狗只好无助地跌跌撞撞地跟在后面。

一星期之后，我们到社区那些不太熟悉的地方转悠，我们看到了皮带先生正斜靠在他那敞着门的前屋里。他身后的墙上贴着一幅巨大的海报，海报上是波林·汉森。下边写着：“我告诉过你，她是对的！”

大约就在这前后，好运开始迷上在岸边植物间窜来窜去的青绿色小鹦鹉。一天早上，他正在一棵树下寻找鹦鹉的踪迹，皮带先生拖着他那受尽折磨的宠物雄赳赳地走了过来。

好运在这个阶段已经习惯了皮带牵绳。但是我们除了车多的时候，都不拴他，让他自己走，管它什么市政章程。看到了小猎兔犬，他蹦跶了过去，欢快地摇起尾巴，热情地打招呼。

“嗷！”皮带先生咆哮一声，然后猛的一下把他那可怜的狗拽走。他走了几步之后，停下来，回头怒视着好运。好运已经回到树下，歪着头，去听那让他着迷的鹦鹉的说话声了，鹦鹉的声音像奇特地被放大了一般。皮带先生摇了摇头，满脸痛苦，仿佛全世界都欠他似的。

“他想干吗就干吗，”他满脸厌恶的说，“他妈的他想干吗就干吗。”好像这是人类最不该允许一只狗做的事情一样。

十

每天早晨，丽萨去城里上班之后，好运就会爬到我书桌边的一个垫子上睡一会。我几乎没见到他离开，但是当我再去看他时，他一般已经躺在隔壁房间床上的一堆新洗好的衣服里了，我们都不善于收拾家，洗好的衣服通常就往床上一堆。从我的书桌这里，我能够看到过道那边，一只蜷曲的小狗耳朵尖儿从一堆毛巾、床单和内衣中露了出来。

“嘿，小好运。”我喊道，一半是为了浪费时间，一半是为了看他脑袋一下子探出，眼睛睁得像猫头鹰一样圆，软软的耳朵扭着的可爱样子。

“咔克！”他叫了一声。我们互相盯着看了一会儿，很快，他的眼皮耷了下来，然后他就无助地睡回到他那“窝”里去了。

想干吗就干吗，我跟自己说。离好运骑在司各特的肩膀上被我们从死亡边缘领回家，已经过去快4年了。皮带先生的牢骚已经成为我们认可好运最好的一面的方式。因为做他想做的事（当然，他总是充满信任和友情）已经消除了好运来我们家时的所有焦虑，他越来越成为我们生活中不可或缺的一员。

我们刚刚相识的人就会跟我们说好运是他们见过的最快乐的狗。朋友们觉得他那一本正经地寻求表达他对现状的感激的样子十分有趣。例如，每天早上，我们散步回来——他爱死散步了——好运会分别走近司各特和我，拼命地摇着尾巴，哼哼着感谢我们带他出去。这之后，他才会蜷缩起来打个早餐前的盹儿。（这在一年前成了惯例，一直都没有变过。）

在其他的时候，如果我们当中的任何一个人有些情绪低落，他会观察你一会儿，然后从房间的另一边飞跑过来，叼着他的绒毛玩具，甩一下头，将绒毛玩具甩到正在抑郁的你面前。然后他会开始他的小马驹戏法，举起前腿，在空中刨着，仿佛是说："别这样，开心起来吧！"

他讨厌任何的冲突，甚至仅仅是我们说话声音高了一些。如果我们吵起来，他就会耷拉着耳朵和尾巴，一副愁眉苦脸的样子。走近前来，哀怨地望着我，然后望望司各特，从不叫，只是用他的一只前爪碰碰我们的腿直到我们再也不能无视他。"噗嗤！"他轻声叫，"噗嗤！噗嗤！"（意思是"不"）

"好了好了。"我们当中的一个会心软下来，把他抱起来，然后来一个三人拥抱。（一旦我们和好了，他就去干自己的事情去了。）

现在他6岁了，对于好运，也是狗到中年，他早已不会在公园散步后逃走了。他好像已经接受了要和我们永远生活在一起这一点。这并不奇怪，真的：他选了自己的沙发和床，从来都不会单独呆上超过几小时，所有的假期里我们都带着他，还从未把他寄放到动物诊所。由于发明了藏身旅行包的办法，他甚至在黄金海岸和我们一起在一个奢华的高层公寓偷偷住了两晚。（办好入住，好运差点露馅，他从包里探出头来，把一电梯的中国游客吓了一跳。“导盲犬,”司各特即兴杜撰道,“完全可携带!”中国人皱了皱眉头,若有所思地看着我们,但是他们没有举报我们。)

这些年来,好运在几十个街边咖啡厅里用过餐。当侍者给他端来装在碗里的水时,他总是高兴极了,水一来,他就会一本正经地喝上一口,因为这会让侍者也很开心。“小家伙,你真是渴了!”他们会说,然后蹲下来,拍拍他。“咔克!”他叫道,然后他会像是看进他们的灵魂一样凝视着他们的脸。那之后,就没什么是麻烦的了。

据我们的经验,悉尼内城的咖啡厅比布里斯班的要对狗狗友好很多。也许这是因为小城市那种拼命想时髦起来的意识在作怪。

“不能带狗,不能带马,不能带猪。”在布里玛一家咖啡厅内一个浅薄的侍者叫道。我们曾想在那儿吃饭。相反,悉尼莱卡特一家食店的大块头意大利主人却非常喜欢好运,他不停地钻到我们桌下,喂他民族风味小吃:“嗨,好运先生,试试这个!我老妈的秘密菜谱,你喜欢吗?”

但是最有趣的与狗共餐经历,却是发生在我们家门口的红崖堡。小镇刚刚兴起外出就餐，它的第一波海滨咖啡厅与当铺和贱卖仓库挤在一起。后者曾几十年统治着这条零售带。好运最喜欢的早餐店紧邻着一家出租一大堆轮椅、假肢和助行器材的药房。当我们正在研究治愈宿醉的特价早餐时，好运突然从桌子底下冲了出来，试图攻击一位坐在机动轮椅上戴着牛仔帽的老人。

皮带把他牵住了，然而邻桌的一群游客发出一片恐惧和愤怒的惊叫。我看到牛仔帽，一副兴高采烈的酒鬼样子，他把这些都看在眼里，然后做出一副被吓坏了的样子，挥舞着双手。“我的腿，我的腿！”他尖叫道。“他要咬我的腿！”现在几个游客已经准备好采取行动了，我们都盯着老家伙那处于危险中的双腿。只是，那儿根本就没有腿，只有两条空空的裤腿在微风中啪啪作响。

“哈哈哈哈！”牛仔帽大笑道，“骗到你们了！我早就没有腿了。”他摇近好运，抓了抓他的耳朵。“但是如果你想要尝尝肉乎乎的膝盖骨的味道，”他说，“他们可能还在医院里留着我的。现在有些腐烂了，我想，但是像你这样的小野狗，应该不会介意吧，是不是，伙伴?"游客们匆忙挪远了他们的椅子。但是好运如此关注这个老家伙，他整个早餐都没有离开，和好运兴高采烈地探讨着一个个恐怖的医学问题。

还有一次，司各特和我正在伍迪角的一家旅馆外休息，一个自称是已退休的前悉尼杀手的顾客冲出了公共酒吧，倒在了我们桌子附近，要去吻好运的嘴唇。

"我喜欢狗，"他告诉我们，腮边还有泪水，"没有人能够买我杀一只狗，但是人？哼哼，有时我愿意免费干。"

我们就这样谈了起来，直到不顾酒吧工作人员的建议，我们邀请他到我家喝上一杯。他大约60岁的年纪，用的是很有挑战意趣的假名——迪克·庞森比。他给我们说了几个小时他以前的暗黑故事，还跟我们模仿被近距离射中肚子的人喉咙中发出的那种湿湿的咯咯声。

当迪克开始在客厅里四处追逐司各特时，事情开始不对劲了。但是他只不过是个前杀手，所以好运和我把他撵到屋外，和他坚决地说了再见。他安慰我说他不会记仇，而且无论怎样，他都不会在这么随和的一对夫妻的肚子上来上一枪，特别是丽萨。

虽然有这么多的社交活动，那只短屁股小猎犬在内心深处还是一只狂野的小杂种，一瞬间就可以从一只卡哇伊的狗狗——他在老人和孩子身边的最爱伪装——变形成一只疯狂的强盗。很多因素可以引发此种变化。但是猫咪仍然是名单的第一位。我们的一位邻居养了一只漂亮的牧羊犬，我们叫她歌手。她性情温顺，热情，每天早上我们经过她家开着的大门时，她都会出来，扬起她那金色的脑袋，用一声高高的、长笛般悠扬的叫声和我们打招呼。

然而好运知道——通过长期的从我家门口的阴险的观察——歌手实际上是个骇人听闻的叛徒，她居然和一只猫住在一起。更糟糕的是：她和那只生姜色的肥猫居然就在前草坪一起游戏，在大庭广众之下！于是他制定了计划：每天早上歌手出来和我们打招呼的时候，趁她被我们抚摸得分了神，他悄悄地绕过去，快速溜上他们的车道，把猫从窝里轰了出来，让它尝尝真正的狗的厉害。

当然，偷袭成功几次后，歌手也发现了。

他一到车道上，她就离开我们，追了过去——一面用她那美妙的歌喉疯狂地叫着。她令人惊奇地用自己的身体挡在猫咪面前，挡住好运的进攻，然后低下头，想把好运顶出她家。但是有一次，好运终于发现她太温柔，不会真正咬他，于是好运轻易地绕过她，把气坏了的猫逼入了一个狭窄的角落，这样她也跟不进来。对于猫咪，好运就是一个不讲道理的畜生：一旦他开始追逐，没有任何东西——我们大声的命令，或是即使投掷来的鞋子和雨伞——都不会让他停下来。

一位帮我们看了一天好运的记者朋友亲身领教了好运的执着。当阿德里安（有一次我们去格莱斯顿的旅行中他和好运抢沙发来着）带好运到院子里撒尿，他们碰到了马恩岛猫麦克斯，这是一只让周围的狗都战栗的独眼猫。"麦克斯和好运同时看到了对方，"阿德里安后来写了个便条给我们：

麦克斯像"酷手卢克"（保罗·纽曼饰演的角色——译注）一样伸了伸懒腰以显示他的蔑视，平时他总是这样，但是好运向它直冲过来，疯狂地叫着，咆哮着。麦克斯正向后完美地伸着懒腰，突然他看出了他的计策中的漏洞，他现在要对付的可是一只真正的疯狗。他立刻放弃了他的姿态，一溜烟地越过篱笆而去。

摩托车手在好运的仇恨清单上的位置有些下滑，而割草机，剪草机，还有电锯现在几乎和猫咪并列了。最近，他的必杀项又多了一种生物：贸易风号停靠的码头的浮桥附近水中的那些球根状的河豚鱼。每次在浮桥上跟在我们后面向前奔跑时，他都会不停地观察水面，搜寻他蔑视的这一生物，其他的鱼类他倒无所谓。

当他看到一只，他就会拽得皮带都勒进他的脖子，愤怒地咆哮起来，以至于其他游艇上的人都睁大眼睛从他们的舱内探出头来，以为出了什么事。不久那些常住在游艇上的人就给好运起了绰号。“没事，亲爱的。”好运雷霆发作后，一位年老的美国人对舱下的妻子说，“只是那个疯狂的海军准将。”

十一

一年多，好运没有见过杰克了。当尼克的小卡车在我家外面停下时，他一如既往地兴奋不已。快乐地叫着，跳跃着，迎接他的英雄，在院子里撒欢地跑了一会儿。然后，他才注意到杰克一进门就蹲在一块草坪上，一动不动。我们在阳台上看到好运急匆匆跑进屋里，叼了一只绒毛玩具出来，他把玩具放在杰克边上。没有反应。于是他又叼了一只，又一只，但是杰克只是站在毒日头下，盯着地上发呆。

好运困惑不已，又跑到屋里，这次叼了他的最新玩具：一只穿着卡其布外衣，会说话的史蒂夫·欧文娃娃。“唉呀！唉呀！”娃娃不停地叫着，好运把它拖下楼梯，拖过院子。“危险，危险！”杰克仍然没有反应，好运闻了闻他耷拉的鼻子，然后在旁边的树荫里泄气地倒了下来。

尼克把杰克哄进屋，喂了他一点水，然后倒在沙发上，开始描述这个一度令他自豪的伙伴如何变成了现在这只在我们面前颤颤巍巍的残废狗。

一切是从几个月前汤斯维尔的闷热的热带天气开始的。当时尼克和另一个詹姆斯库克大学的理科生同住在罗斯河的一条支流附近的房子里。除了蚊子传染的疾病，例如罗斯河病毒，汤斯维尔南部的大片沼泽地恶名远扬，那里壁虱成群。

杰克白天独自在院子里。虽然有栅栏，但是栅栏不能阻止他溜出去。而且虽然最近他们喷过两次杀虫剂，但是这个租来的房子本身还是有很多壁虱；每天下午，杰克欢迎学生们回家后，他们会从他身上抓出50多个吸血小壁虱。另一个导致杰克目前的命运的原因是那里晚上有成群的野狗出没，嚎叫着，到处拱来拱去，就像失去控制的军队。

一个晚上，尼克被起居室里一阵咆哮惊醒，他跑过去发现两只野狗正在咬杰克。“他们正要撕裂他，”他告诉我们，“我冲过去，他们跑开了，径直出了门，我们总是把门开着方便杰克进出。当我打开灯，我不敢相信他们对他所做的。那里就像战场，到处是飞溅的血迹和肉块。”

第二天一早，一位兽医把杰克满身开裂着的，深及骨头的伤口缝合起来。然后又给他上了强力抗菌药，感染是难免的。尼克想起杰克早些时候在追邻居的一条发了情的母狗，被野狗群中的一只盯上了，把他撵回了家。“如果他不是在离家很近的地方，”尼克解释道，“他肯定都回不了家，他们会在街上就咬死他。”尼克请了一天的假照顾他的病人。但是那天早上，就在他们一起坐在阳台上的时候，杰克看到了邻居那体态妖娆的小母狗，一眨眼的功夫，他跳过栅栏，跑得无影无踪。

尼克找了他好几天。他张贴了许诺报偿的寻狗海报，搜寻了溪岸和红树林沼泽地，不时地拜访镇议会。到第五个早晨，他绝望了，正起床准备去上学，却发现了杰克，杰克趴在停在车道上的他的小卡车车厢后面，精疲力尽，病得很重，伤口严重感染了，浑身爬满了壁虱，杰克几乎不能对尼克欢迎他回家做出反应。

两星期后，杰克好像痊愈了。然而，直至两个月之后，他寻欢作乐的代价才开始真正显现出来。一开始，他跑下台阶时，会不明原因地笨拙地摔倒。然后，在海滩散步时，有两只跟好运差不多大的友好的小狗接近他，他立刻滚起地上，做出投降的姿势，睁圆的眼睛里满是恐惧。

尼克伸了伸懒腰，摸了摸自己的脸，从汤斯维尔开车来开了很长时间，他累坏了，“那之后，”他说，“他开始不再像他自己。他的眼神变了。那是最糟糕的事情：你看着他的眼睛。”然后又说：“他去哪里了？杰克去哪里了？”

兽医证实了尼克的担心：它“脑子”出了问题，也许是某种逐渐恶化的脑膜炎，也许是壁虱或苔藓或者感染了伤口引起的。他们暑假回到南方后不久，杰克抽搐过几次，而且现在好像不能向左面转动身体。

晚些时候，当尼克已经睡了，我们目睹了好运发现杰克不再是杰克后的反应。昏睡了很长时间，杰克醒来，他沿着起居室拖着脚慢慢走着，到了俯卧着的好运面前，他停了下来，低下头费力地看着这个隐约记得的东西。

“也许他想起来了。”司各特说。像我一样，她想起了它们在一起的早些时候的样子——那些繁忙的白天和聚会的夜晚，杰克和好运总是在那儿。

杰克站在那里很长时间，向下盯着看。

“你为什么以前对好运那么坏？”司各特问他，过了一会，“你为什么要去抢他的玩具斑马，还要羞辱他。”

“因为我能。”我帮杰克回答，装出深沉的，漫不经心的语气，“还因为他是一个跳来跳去，只会撒尿，啥也不懂的小杂毛，那就是为什么。”

司各特说，“吹吧你，你这个大种马刚刚在沼泽地里弄坏了脑子。”

杰克：“闭嘴，母狗，愿赌服输。要么过把瘾就死，要么长命百岁，在某个老家伙的椅子旁跟着流哈喇子。我已经做出了我的选择。”

好运那警告的低吼打断了我们的废话。他龇着牙，站了起来，低吼着，让可怜的杰克（不是我装的那个）离他远点。好运的攻击突然结束了，就像它突然开始一样。但是从那一刻起直到第二天下午杰克离开，好运再也不理杰克。丛林法则的本能让他知道他一度崇拜的偶像已经受到了永久性损害，于是他当场甩了他。

尼克指出大多数杰克现在接触的狗都有类似的反应。“它们突然觉察到他有些不对劲儿，”他说，“它们的反应就是：‘离我远点！’就好像它们害怕他会传染一样。如果它们是野狗的话，我想它们早就咬死他了。”

两星期后，在布里斯班的进一步的测试证明了杰克确实是脑损伤。尼克带着杰克去了家庭兽医那儿，就像我多年前带着班吉去兽医那里结束他的生命一样。

十二

在我遇到司各特之前，我父母已经去世多年了。我和她提起过我那离奇的童年；我爸爸对政治的着迷；以及在我哥哥鲍勃和我逃到澳大利亚之后，我父母和家犬铁锈如何在沙滩小屋消磨掉好几年时光，这期间他们如何重拾了结婚不久就丢弃了的那种美好。但是不知为什么，我全然忘了他们在60年代末期来澳大利亚的旅行。

直到我和司各特在附近的马盖特买了个小屋。我们打包搬家的过程中，翻出了一张老照片，这才唤醒了我那破碎的记忆。照片上我父亲正在黄金海岸等公共汽车。他旁边的座位上是一个破箱子，在他的脚下，脖子上拴着绳子，是铁锈。

“搞定！”司各特在房间的另一边叫道。她正把最后一箱东西用胶带封好，搬家公司第二天一早就会过来。那时已经夜深了，好运横躺在沙发上，司各特走过来坐在我们旁边。

“你发现什么了？”

我给她看了照片；照片背后的记录证实照片是我父母1969年奇特的澳大利亚之旅结束时拍的。

“有什么奇特的？”司各特问。

“嗯，爸爸七十几了，像平时一样他们除了路费一个子儿也没有。而且他们带着铁锈。”

那时，鲍勃和我蓄长发，玩冲浪，住在墨尔本一间便宜的公寓里。我们开一辆门上漆了花的旧货车，在一家炸鱼条工厂工作。爸爸打算写一本关于黄金海岸的游记，但是，他和妈妈首先得在工厂里和我们一起干活，挣出北上的路费。

“是够奇怪的。他们在工厂干些什么活呢？”

“我们都在质检部门工作，分拣鱼条。我们必须得穿上白大褂，戴一种像塑料浴帽一样的帽子。但是爸爸的视力差得几乎看不见鱼条，更不用说发现次品了。而且，很快，他又向别的工人贩卖他的阴谋理论，所以他被炒了鱿鱼。

当然，司各特想知道更多，我父母为什么来？我们处得怎样？为什么他们带着铁锈？

我试着回忆。一切都是从我父亲写的那些长篇大论、充满忧虑的信开始的。他担心我们迷失在这个危险的世界，觉得那会是他的责任，因为我们当年是从他们那个狭小不幸的世界离家出走的。他担心我们犯罪，或者被征兵，或者成为别人的猎物，或者撞了车，或者冲浪时淹死。但是让我们唯一担心的是他在信中提及当他们来澳大利亚玩的时候，要我们凑些钱出来。这让我们心惊肉跳。

爸爸是个大方的人，所以他也指望别人对他一样大方。这一收支平衡方面的缺陷使他总是很穷，经常一文不名。他来的真正目的是来看我们。他希望我和鲍勃能够参与写游记，希望我们在灿烂的阳光海岸能够像快乐的一家人一样重新生活在一起。这是他带铁锈来的原因：他想永远呆下去。想一切能够变回他们婚姻早期那段无忧无虑的日子时的那样。

但是一切都太晚了。他无休止地写那些辨析

阴谋论的长篇巨著——核心是反犹主义，还有各种分支理论，比如“假债”的运作机制等等——我父亲已经成为一个让人无法忍受的人，即便是对于我们来说。我妈妈早就不理他这一套了。“感谢上帝，”当他在炸鱼条工厂被炒鱿鱼后，她说，“现在我能放松了。”

一连几个星期，爸爸和铁锈呆在我们狭小的公寓里。铁锈极度无聊，睡睡觉，放放屁，而爸爸坐在他那可信赖的奥利维提牌打字机前，写着一篇篇阴谋论分析。我们听话地凑起了钱。不知怎么的，我已经记不得具体情况了，最后是我和我父母一起游览了黄金海岸，而鲍勃则呆在墨尔本。几星期后，妈妈出发返回新西兰。爸爸很快也回去了。他写书的计划也成泡影。

他希望发生的事一件都没发生。然而他可不是那种把失望写在脸上的人。“帮我搞一下这根拐棍。”他离开的前一天说。他变戏法似的拿出一小桶白油漆和刷子，跟我解释说他定了去悉尼的汽车票：盲人和他的导盲犬的票。当然，长途汽车司机一看到他们，就不让他们上车。（铁锈看上去一点不像导盲犬，）但是爸爸咆哮着，挥舞着他的拐棍，最后司机让步了。

那时我感到乐不可支，即使我爸爸眼睛都快瞎了，兜里只有几澳元，刚够他和我们抛弃的宠物狗去悉尼，然后从那里乘事先买好票的航班去奥克兰。现在我想起来是我提议他和铁锈在汽车站拍那张照片的，因为当时我总觉得自己是个作家，而这能写成个滑稽的故事。几年后，我确实把这件事写成了一篇文章，发表在现在已经破产的《国家评论》上。让我高兴的是，他们没用我父亲的照片，而是用了一张素描，画上是新星麦克·陆尼哥和蹲在他旁边的一条毛发乱蓬蓬的、发情了的野狗。

我不愿多想我老爸那天的心情。但是在照片上，他脸上挂着他那著名的坚忍的微笑。（50多年前，他中弹后，在埃及的野战医院里养伤时，曾拍过几张照片，在那些照片上，他就做着同样的言不由衷的鬼脸。）

“然而，他确实喜欢上了那只狗”。我自言自语道，一边把照片装好。司各特和好运都已经睡了。我还有最后一组照片没有整理。它们装在一个已经散架的信封里，信封上写着“海边小屋/野餐”。照片是我父母和铁锈在海边不同的地方拍的，时间是他们澳洲之行之后。虽然那次旅行在当时看来是毫无意义的，后来证明对于他们三个来说，那次旅行就好像一种催化剂。

回到新西兰后，他们卖了家里的老房子，把铁锈塞到他们的老西风林肯车上，然后开始从一间漂亮的沙滩小屋游荡到另一间沙滩小屋。在这期间，爸爸不知怎么控制了自己的痴迷，他和妈妈又成了好朋友。在几乎每一张照片上(大多数是他们在沙丘间或野餐，或钓鱼，或搬进另一间新的充满阳光的小屋)，有两个明显特征：一是他们满足的神情，二是铁锈已然成为他们生活的中心。

这表现在他们放松的表情上，表现在他们总是对着铁锈的滑稽动作露出笑脸，表现在他们会把一只手放在它头上，或者喂他东西吃。铁锈，也显得神奇地重生了。作为背景墙的一部分生活了那么多年后，他开始歪着嘴对着他的亲人们笑，就像那种活得很有奔头的狗。

十三

从海上看去，位于弗雷泽岛附近，双岛角后面的那片海湾好像并不能真正保护抛锚在那的船只。即使在温和的天气里，主要的东南涌浪不知为何总是能够绕过那伸出的海岬，使得在海湾里平稳抛锚变成几乎不可能的事。一本航行指导中这样评论道："（在湾中避风）就像在政治游戏中表现出正直的品格（一样不可能）。"我们从穆尔拉巴出发，一晚上都以每小时 45 海里的速度向南平稳航行，日出前我们一绕过双岛角，就感受到了上述的情况。

好运被我们锁在甲板上，崭新的强有力的柴油发动机在舱内嗡嗡响着，远处海湾的南端耸立着黑黝黝的沙丘，停泊在湾里的游艇的主桅灯闪成一片，我们向灯光处驶去。很快，随着我们接近海湾，我们发现这些桅灯与其说是在闪烁不停，还不如说是在大幅度地左右摇摆。虽然较小但却明显的涌浪不停地摇晃着游艇。我们开动马达驶过他们的时候，我们的数字深度探测仪显示这些游艇——全是龙骨深的那种单体船——泊在 3 到 4 米的水中，这是离沙滩的最近的安全深度了。

我们继续向海滩方向开，根据当地渔民的建议，我们对准了那片沙丘间的马鞍状山脊，沙丘的顶峰被初生的太阳光照亮。我们解开了好运的皮带，他跑到船头，嗅着微风中微微的香味。尾巴兴奋地在甲板上打得啪啪作响。当水深显示 1 米时，我们左转，然后沿着沙滩向海湾的最南端驶去。

突然，涌浪不见了——这意味着我们已经来到一条长长的沙洲后面。这片狭长的沙洲从海岬向右伸展，延伸进海湾，在它自身和沙滩之间形成了一个适宜停泊的浅水区。只有当地人知道，这里是双岛角的非官方泻湖——就像昆士兰的许多海岸边的避风湾一样，只有吃水浅的船只才能驶进。我们在水深离龙骨不到 1 米的地方抛下锚。煮了咖啡，坐在几乎静止不动的甲板上看着远处的单体船在涌浪上的舞蹈。

这是2006年5月，我们已经逃离布里斯班几个星期了，我们要唤醒我们的巡航梦——我们一直渴望，也一直拖延。它现在开始褪色了。我们最初设定的出发日期是2004年晚些时候，2004年一闪而过，我们没有可能凑足足够的钱。于是，我们的出发日期被推迟到2005年初，然后2005年末，然后2006年初……那时我们绝望地发现我们离最后必须出发时间只有一年了。

这很让人沮丧，特别是我们读到拥有同样梦想的航行者因为准备过长过久，他们最后不再想出航。在另一方面，我们又决心避免非常紧的时间表，一定要航行上几年。而远离社会那么长时间，需要决心和很多考虑，除非你已经非常有钱（或者不介意像个流浪汉一样生活）。

对于航行上瘾的人不可避免地会把航行比作做爱：太久不做，就会失去吸引力。你一旦做了，又会纳闷当时为什么停下来。虽然在莫顿湾的短途航行也还勉强（就像偶尔为之的性爱），但是直到我们离开狭小局促的莫顿湾，扬帆远航，沿海岸向北，来到双岛角——还有几星期的自由在前方——我们才重新感到航行的幸福真谛。

在自家后院般的泻湖里用了一个慵懒的早餐之后，我们上岸探索一下海岬。好运也像是被这全新的环境激活了一样：在郊区房子里洗好的衣服里打滚是不错，但是那毕竟不能和现在比：在魔幻海湾的白沙上咯吱咯吱地散步，散发着香味儿的灌木丛，在沙丘下的小树林里乘凉——激动地嗅着野狗留下的味道。软软的耳朵快速摆动着，他一下子冲到远处，又一下子奔回来，向两边急转，吠叫着，转着圈疯跑着，一下子又跳进水里，水是如此的清，以至于可以看清一群游过的牙鳕鱼的每一个银色的细节。

在海岬的尖角，我们停下来野餐，看着一群海豚在海岬破水处逐浪嬉戏；向北几海里的地方，越过波光粼粼的空旷的宽湾海面，一只红色帆船向沙洲入口慢慢挪近。那后面，弗雷泽岛的南端从低垂在天际的云朵中露了出来。我们继续步行，穿过柏树松林，常绿乔木林，山茂林和一小片一小片的热带雨林，经过现在已是自动控制的灯塔，来到开阔的冲浪海滩。

向南面的“樱桃冒险号”的残骸走去（这是一艘1973年被旋风吹上岸遇难的货船）。我们可以看到远处奴莎岬的天际线和其他我们昨晚驶过的阳光海岸的地标建筑。如果是假期，这片沙滩会挤满四轮驱动的车子。今天却没什么车子。由于正在落潮，海滩上剩下的轮胎痕迹也不多，刚够我教给司各特认识我小时候常吃的一种罕见海鲜——皮皮炸粉团。

白种澳大利亚人花了大约200年的时间才意识到这种被称为皮皮的贝壳类生物（一种蚬子——译注）是一种美味。甚至在欧洲人和亚洲人早把它们放入菜谱——比如做在意大利面里，用XO酱蒸，那是最好的皮皮吃法，还有葡式煮法——在新西兰之外根本就没人听说过皮皮。

但是，首先，得找到它们。即使有好运帮忙，随便乱挖也不成。虽然它们就居住在沙表之下，这种软体动物会经常移动，从外表是看不出它们在哪里的。除非它们上面的硬沙上有汽车开过，这时每一个皮皮上面就会出现一个压力造成的微小的沙包。利用这些迹象，在拜访“樱桃冒险号”的路上，我们收获了足够晚饭吃的皮皮，个头还不小。回到船上，我把它们放在一桶海水里，洒了一把面粉进去，（这样，它们就能吐出所有的沙子，吃进面粉），然后，把它们放在一个阴凉的地方。

下午晚些时候，所有的单体船都离开，趁涨潮穿越沙洲去了。只剩下我们一艘船泊在自身记忆中所抛锚过的最好的港湾。（以前在这边过夜，由于不明就里，我们一直停在暴露在外的外湾。）

但是这里并不是真正只有我们。好运突然咆哮起来，我们匆忙跑上甲板，正好来得及看到一只海鹰叼着好运的部分晚餐飞走了。好运气得愣在那里，看着这只入侵者飞回了附近一棵枯树上的巢里。片刻之后，它又飞到我们上空盘旋，盯着好运还没来得及吃完的鸡翅膀。

刚才强盗海鹰来抢食时，好运正在舱顶以他的鱼雷姿势趴着，对着他的食物沉思。这是他现在的典型的用餐方式。（通常，如果有别的狗在场，他会立刻吞下所有的食物。好运的沉思——也是得意洋洋地清点存货——有时会持续10分钟左右。但是，现在，他在甲板上一边徘徊，一边抬头冲着这个对他舒适存在的新威胁怒吼着。当海鹰不肯离开时，好运焦急地冲我们咔咔咔地叫了起来，仿佛在说："干点什么，别傻站着！"

"你快把晚饭吃了。"司各特对他说。海鹰又威胁地低飞了一圈之后，好运一块块叼起他剩下的鸡翅膀，把食物叼进船舱，在桌子底下完成了他的沉思。后来，一轮璀璨的黄色月亮在海岬上升起，司各特拿了一瓶白葡萄酒在甲板上安顿下来，我做晚饭。

用手把每个皮皮撬开，再用一个老式不锈钢切碎机把它们切碎。这样就可以做完美的炸粉团了。酥脆，清淡，有一种独特的风味，这种味道清蒸或水煮是做不出的。

"太棒了！"司各特叫道，叉子狂舞，"噢，上帝。太棒了。再给我点！"

我们每人吃了十几个，把剩下的几个扔给了好运，然后上甲板喝最后一瓶冰过的酒。

满月现在就在我们头顶，把镜子般的泻湖照得如此得亮以至于我们能够看清水底的每一个贝壳，每一条游过的鱼，仿佛通过放大镜在看一样。这简直就像漂浮在一杯巨大的马提尼酒上。四周仿佛一片寂静……直到我们轮流闭上眼睛，倾听外面的声音。鱼吃食的轻轻的噗的一声，海鹰那种奇特的振动空气的鸣叫，灌木丛中栖身的无数只小鸟的喃喃声；偶尔一只海龟探出头来的呼吸声，还有，在这些声音的背后，附近冲浪海滩传来的低沉的海浪轰鸣声。

就像往常遇到类似时候一样，好运坐在离我们很远的地方，让所有这些流淌过他的感官。他的耳朵不断地摇动着，他的翼动的鼻子从空气中嗅到的味道有时是如此的奇异以至于他会打一个喷嚏，然后摆动一下身体，再接受下一个标本。

随着日子过去，我们放弃了继续向北的计划，融入了我们这个小小天堂的魅惑节奏。慵懒地巡航的窍门就是除非死人了或者天气突变，永远不要离开你喜欢的地方。（根据这一原则，我们在 2000 年航行时碰到的一对夫妻已经乘着他们那艘旧不锈钢双体船绕澳大利亚转了 12 年。）

每天早上，我们早起，关注一下天气预报，然后带好运上岸长距离散步，早饭前再在海里游个泳。然后就是回到床上读一会书或者睡上两小时；接着是午饭和在船上干点要干的零活。那之后又一次上岸远征（浮潜，钓鱼，探索），然后读读书或者发发呆，直到5点钟开始一边喝上两杯，一边计划晚饭，然后躺进豆袋沙发里等着看又一个血色夕阳。

自然界有其规律，很快这也成了我们的规律。在低潮时，几百只海鸟停在遮蔽泻湖的干沙岸上；涨潮时，它们成群地飞入沼泽，去猎鱼。而到了水涨上了沙岸的时候，所有的鸟都消失得无影无踪了。“鸟飞走了”，我们当中的一个会喊上一声，意思是接下来一小时左右，直到潮落，沙岸再次显现，我们的船会比平时摇得厉害一些。

正在巡视的好运如果开始咆哮的话说明那个偷东西吃的海鹰又在上空盘旋了，或者是一群海豚正在泻湖里追逐水中的鱼，或者趴在海底的刺鳐正在用又大又可怕的眼睛盯着他看。没有电视，我们晚上坐在甲板上欣赏我们自己的星空频道，不间断的天气变幻和亿万颗明亮的不知名的星星的现场演出。第八晚，星星消失在厚厚的云层后面，第一次，风向转北，开始直接向湾里吹。

第二天早上天一亮，我们就被船的剧烈摇晃所惊醒。现在几乎是最低潮，然而风驱赶着涌浪越过暴露出水面的沙岸，涌进泻湖内，在我们身后50米外的沙滩上摔成一片白花。必须得走了。但是去哪儿？我们研究了航行指导，司各特提议去奴莎岬：那样顺风航行，我们还可以在哈斯廷街（奴莎岬奢华的吃饭购物一条街）尽头那个适合任何天气的海湾免费停泊。

“咔克！”好运哼道，像往常一样，他早跳在桌子上监督我们的决定。

“我们可以吃很多东西，还能看人来人往，”司各特劝说道，她越说越兴奋，“还有好运可以去的那个很棒的公园，就在码头边上，只要他别去追灌木丛里的火鸡……”

那天下午，一艘海岸警卫队志愿者船只带领我们通过了奴莎岬的变幻着的沙洲附近的危险水域，进入了奴莎河。也是刚好来得及：夹杂着闪电的风暴从双岛角一路跟着我们，到天黑，风预计要加强到大风级别。

好运在船头瞭望，我们沿着这条浅溪驶入了一个避风的港湾，港湾在哈斯廷街尽头那个人造半岛的后面。这里以前是与港口平行的沙洲，后来河口被移到了向北一公里处，为的是保护一片昂贵的新运河地产不受暴风雨的袭击。

以前，当奴莎岬还是一个家庭度假地时，我们现在所在的港湾是一个拖车公园的一部分。现在从它这里起，是一片狭长的郁郁葱葱的自然保护区。保护区内迷宫一样的林中小路上有慢跑者，遛狗者，还有去重修过的沙洲入口附近的隐蔽海滩晒太阳的人。

我们在我们船尾离沙岸只有20米的地方抛锚；越过公园，我们可以看到保时捷和法拉利在哈斯廷街疾驶而过。在水湾的另一边，占地颇广的水边别墅的深色玻璃窗像眼睛一样瞪着我们，仿佛不满我们靠得这么近。

“哇，”司各特环顾左右，说道，“这可真是吉卜赛人的天堂了。如果我为那些大箱子付了几百万的话，看到像我们这样在门口免费泊船会让我气疯的。”

我注意到公园里的一个男人在向我们招手，同时，我的移动电话——一星期都没响过了——开始响了起来。那是我们的老朋友和航行伙伴，戴斯。“我觉得肯定就是你，”他说，还在不停地挥手，“我们正在野餐，有的是香槟和熟肉什么的，如果你们愿意加入我们。当然，还有好运。”

几分钟后，还穿着脏兮兮的短裤和T恤，我们加入了铺在绿意盎然的公园中央的一块白毯子上的野餐。戴着一顶花花公子般的浅底软呢帽，戴斯活像是菲茨杰拉德笔下的生活得纸醉金迷的盖茨比。他把我们介绍给他那些看上去同样优雅的朋友，拿出更多香槟杯子，然后很优雅地在好运面前放了一盆冰水，“喝吧，我的同船老朋友。”

“咔克！”好运叫道，他喜欢戴斯，从看到他就没停过摇尾巴。当他埋头喝水时，一只火鸡，脸上一副戴斯后来认出是“得意”的神情，从我们旁边走过。“嗷嗷嗷嗷嗷！”好运咆哮道，碰翻了他的碗，皮带从司各特指尖飞了出去，好运迅猛地穿过野餐毯——杯子和食物飞得到处都是——向着逃走的火鸡直追下去。

火鸡确实能跑：高速奔跑时，就像卡通片中的奔跑者一样，它们的腿动得如此之快，感觉它们下面不是腿，而是飞驰的车轮。然而好运紧跟其后，完全无视我们叫他回来和其他野餐者的惊叫。

“当心！”一个少年喊道，“是只巨大的雪貂！”

“抓住他，抓住他！”一个穿着背带裤的胖男人喊道，扑上去抓好运，被自己的野餐篮子绊了一跤。

火鸡跑了几个急转弯，虽然离好运远了几米，但是直线距离却更近了。

它们围着公园一圈圈地跑……直到好运的皮带扣挂在了一片灌木丛中，让他飞了起来，狠狠地摔在地上，仰面朝天。火鸡逃进了一片茂密的灌木。就像雷诺阿油画场景中的人物一样僵在那里，野餐者们瞪着呼呼直喘、眼睛睁得溜圆的好运。

“真是只调皮的，调皮的小狗！”一位老妇人责备道。然后她们都坐了下来，继续小口吃着东西。

“还是老样子。”戴斯笑着说，给他的盆里又倒上水。“前一分钟是乖宝宝，后一分钟就要去杀人了。”

第二天又冷风又大。所以我们翻出好运的花哨的红色航海夹克，给他穿上，然后上岸去洗衣服，买食品。被太阳晒得发白，毛乱蓬蓬的，用一条绳子当皮带用（皮带丢在公园里了），他冲在我们前面，看上去就像一个朝气蓬勃的水手上岸来找点乐子。我们在一个对狗友好的露天咖啡厅吃午饭，那里的东西非常好吃，于是我们又预订了张桌子，打算晚上再来好好吃上一顿奴莎岬大餐。

回船的半路上，司各特罕见地浏览起橱窗来，我和好运坐在附近看着买好的东西。突然，我们闻到了一阵奇异的香水味道。

"我的天！"一个年轻的金发女郎对她几乎看起来是双胞胎的同伴说，"是班吉！"

"不，不！"另一个也尖声说道，一边抱着好运的脖子，"是鲍比！我的天，真是个性感的小东西！"

两个女孩穿得就像帕丽斯·希尔顿的翻版，和她们在一起，套着镶嵌着珠宝的双挽具，是两只微型贵妇犬。她们雪白的顶髻上扎着鲜红的蝴蝶结。尖叫着的"玩具"狗比她们的主人更热切地扑向好运，又舔，又扭动身体，像是吃了迷幻药的名人。

“汪哦!”(让我上吧!)水手狗两眼放光,哼哼道。但是当他想上其中的一个时,长得像帕丽斯的女孩抱起了她们的小妖精,紧紧抱在胸前。

“坏班吉,”帕丽斯一号咯咯笑着说。她向好运挥舞着她的贵妇犬的爪子,“小美说拜拜,拜拜,漂亮的班吉。”

帕丽斯二号动作一样:“小丽说拜拜,拜拜,美丽的鲍比。”

她们扭动着身体走了。好运望着她们的背影,然后抬起头来看着我,好像在说:“她们为什么走了?”

“我哪知道,”我告诉他,“我不过是绳子另一端的老家伙而已。”(刚刚没有一个帕丽斯看过我一眼,完全无视我的存在。)

就像很多被阉割了的狗,好运的性生活一直是个谜。直到今天,他还从未对任何传统目标发生过兴趣,而更喜欢突然袭击其他的公狗。他最喜欢的是一个绿色的包着灯芯绒的脚蹬,这是他的床伴。在起居室里,他一直骑着脚蹬。凳子节节后退,好运不屈不挠。引得旁边粗俗的客人哈哈大笑。(最终，“绿夫人”散架了，被迫退休。）

但是那晚，当我们出发去咖啡厅时，好运显得特别想回到哈斯廷街上继续他的罗曼史。他在下午贵妇狗跟他玩的地方闻来闻去。我们不得不半拖着他，拖他到饭馆。我们在那呆了大概半个小时的时候，这期间好运在桌子下面不寻常的安静，突然响起一声熟悉的尖叫。“我的天！不！停下来！”

帕丽斯一号和帕丽斯二号从前院另一边的一张桌子边突然站了起来。传来了一阵碗碟摔碎的声音。然后，更多的“我的天！”，又是一阵椅子倒地的声音，在现场旁边的一群年轻人狂笑起来。我和司各特同时低下头去找好运。果然，这个小杂种已经不在桌下了——只有他的皮带和还连在皮带上的项圈。

等我们抢到帕丽斯桌边，两个女孩正跪在地上，想把好运从贵妇犬身上拉下来。但是小美和小丽由于分享同一个双挽具，所以她们的皮带纠结在一起，她们俩也就成功地被绑在一起，好运骑在她们两个身上，就好像从未干过别的狗一样拼命地干着。

“上了两个！上了两个！”一个年轻人起哄道，“上吧，男孩，上！”

“闭嘴，混蛋！”帕丽斯一号咬牙切齿道（也许是二号），用她的名牌大包向好运打下去。

更多的碟子从桌子上跌了下来，桌子被贵妇狗拖过来，拖过去。因为两只狗是被拴在桌腿上的。而好运没有被拴着，好运轻易地躲过了抓他的手，还有名牌包包。有时不得不放弃一个姿势，但是立刻换了个角度，重新扑上去。

附近用餐的人现在几乎都站了起来，手中拿着酒杯，粗俗地评论着——“去开房吧！真是个种马！哪个是主菜？”——这让帕丽斯克隆人彻底不能再保持风度了。

“下来，你这只猪！”一个喊道。

“打他！”另一个尖叫道，“使劲打他！”

“好运！不！”司各特的声音穿透了周围的喧嚣，好运抬起头来，愣住了，好像从梦中醒来一样，说时迟，那时快，趁他一楞神的功夫，我把他一把从贵妇犬身上抓了下来，夹在了我的胳膊下。

我们向两位帕丽斯女孩道歉时，她们一言不

发，脸色铁青。虽然当好运开始向她们挥动爪子的时候，她们的眼睛睁得更大了。

“好运说拜拜，拜拜，小美，小丽，”我低声说道，“好运说……”

司各特把我拉回我们的桌子。

十四

好运花了近一年的时间来习惯可怜的老杰克的离去。有一阵——明显忘记他是如何在最后背叛了他的英雄——我们一提杰克的名字，他就会兴奋地跳起来，然后找到一个制高点，以便一下子能看到他——如果杰克出现的话。当这证明是徒劳时，他不再那么兴奋，但还是会短暂地站起来，然后又躺下去，像个老狗一样颇为愤世嫉俗地哼一声："啪！"（"他不会回来了！"）

杰克的死对好运最奇怪的影响是他对尼克的态度产生了变化。尼克已经完成了学位，搬回了布里斯班。在早些阶段，他们一见面，好运总是立刻上前无望地寻找杰克。后来，他开始不再多愁善感，转而迎接尼克，好像他就是杰克一样。他以前就一直喜欢尼克和他那活跃的性情，但是现在这种喜欢突然升级到那种一边叫着，一边欢呼雀跃的喜欢，以前他可是只对杰克这样。

在他心里，不知怎的，杰克和尼克已经融为一体。有那么一阵，他甚至想上尼克的腿——这可不是他的风格。

“下来！”我跟他说，“是尼克，不是杰克。”

“你不过是嫉妒了，”尼克说，把好运从他脚脖子上揪下来，“这就是你为什么要提出那个奇怪的移爱理论。”（但是他又知道什么？给动物的行为按上动机，这活还是应该留给我这种有经验的记者。）

杰克死后不久，我女儿，萝，从海外回来，她也养了一只狗。菲（菲尼楠的简称）是一只经典的杰克·拉瑟短腿狗：脾气很好，身体强健，有点儿疯。他和好运立刻打得火热。不过如果他俩在一块儿超过几个小时以后，好运就开始犯他的贪吃症，霸占了家里所有的狗食。当萝要出去度假一个礼拜时，我硬是把照看菲的活儿给揽下来了，尽管萝有点不放心。

我的计划是分开给两只狗喂食,头一天计划执行得不错。但是到了第二天,好运几口吞下了自己的食物之后,就爬过一个很高的门来到后院菲吃饭的地方,把他从食物面前赶走了。然后,他对菲发起了一场全面的恐怖行动,又叫又咬,还恶狠狠地瞪着人家,弄得菲节节败退,缩到一间空屋子里,不敢出来了。

虽然菲比好运更高更壮,但是绝对没有好运那么疯狂。就像以前那两只被吓着了的狗一样,菲也不愿意去测试好运的反复无常的极限。我们呵斥好运不讲理,甚至把他暂时关禁闭,可是菲无论如何也不肯离开那间屋子。

两只狗冷战到了第三天,我打电话给兽医诊所的助理苏珊娜,她曾经照顾过被抛弃的好运。我向她说明了情况,她认为食物并不是两只狗不和的真正原因。

她说:"好运觉得你是属于他的。他不是你的狗,而你是他的人。你给了他一直向往的家,所以他要占有你。他的行为是在说,'这些人都是我的,其他的狗不准碰!'"

后来，我看到好运像一颗蓄势待发的鱼雷一样守在我的桌子旁边，我发现他一只眼睛盯着我，另一只眼睛盯着屋子里的菲。我要是动一下，他就两只眼睛锁定我；菲要是动一下，他就蹭地一下跳起来，咆哮着冲过去，挡住菲的去路。他不像平常一样打瞌睡、换姿势，而是几个小时都保持着这种警戒状态。苏珊娜说对了：他不许菲碰的不是食物，而是我。

我瞪着他那双坚定的棕色眼睛，告诉他说："你这个得寸进尺的小混蛋。"

"咔克！"他回应道，爬着过来舔我的手。

在内心深处，我当然清楚得很，好运会偶然这样专横霸道，是因为我们把他当成了家庭的一员，而不是一只普通的宠物狗。没办法，在过去的六年里，我们越宠他，他就越可爱。采用"朋友式相处法"就是这个结果，当他刁难来串门的狗的时候，作为他的朋友，我们没法儿真去怪他。

可是，如果萝从度假岛打电话来询问自己的爱犬，我该怎么说呢？

不久之后，这个难题就迎刃而解了。就在好运活蹦乱跳，冲到院子外面撒欢儿的时候，我的儿子尼克突然造访。他和好运在草地上玩儿了一会儿之后，我跟他说起了最近这个难题。

他自告奋勇："剩下的几天我来照看菲好了，正好给我们个机会互相熟悉一下。"

"是你想这么做，还是杰克想这么做？"

"都一样，"他面无表情地说，"我们长得一样，想得也一样。"他掏出自己的钱包，从里面拿出一张杰克的头像照片（那里原来放的是他前女友的照片），举到自己脸旁边。"看见没？"他咧开嘴露出牙齿："一模一样。难怪好运分不清我们俩谁是谁。"

养狗的人会变得怪怪的。时间长了，宠物狗好像变成了活在你体外的自己的一部分。当他们碰到不好的事情时（这种事儿几乎总会发生），担心和焦虑的情绪会好长时间占据你的内心。直到今天，一想到那个格列夫人岛附近的风暴之夜，好运在甲板上摇摇欲坠的情景，我的心里就充满了恐惧。还有一次也很可怕，有一只德国牧养犬在布里玛公园袭击好运。我当时站在远处，满心惊恐地看着那只凶猛的畜生咆哮着扑到好运背上，露出满嘴尖利的牙齿。还好，那只险些成为凶手的狗训练有素，一听到主人吹口哨，立马就下来了。

几天前，我做了一个少见的噩梦，又被梦里的灾难吓到了。那个梦基本上反映了以前发生过的一件事：当时，我们一群人离开一个度假屋，走近海滩，准备点燃篝火，庆祝某人的生日。我们饮酒欢唱，好运（当时他跟着我们还不到一年）在人群脚边钻来钻去。可是当我们点着了篝火，发现好运不见了。

我和司各特沿着细沙上的车轮痕迹一路往回找，一直找到四轮驱动车从公路开进海滩的地方，才明白发生了什么：我们自己的脚印沿着一排车轮痕迹，朝着篝火的方向向左去了，但好运的脚印却沿着另一排车轮的方向，径直向右去了。那晚天很黑，但我们的火把能够照出来，好运沿着那条车辙一直走了好几百米，即使车辙变得特别深，他都跟不下去了。接着他的脚印就不见了。

几个小男孩儿说他们看见一个像考拉的东西离开了海滩，跑上一座小山，朝当地一个酒吧的方向去了。我们费劲爬上那座山，却没有发现好运的迹象。在宾馆前面的大路上，我们最终找到了他：他就站在路基边儿上，就在川流不息的车流旁边。“好运！”我们大声喊他，他飞也似的跑到我们身旁。整个事情原本是这样的。

可是在我的梦里，没有小男孩儿，没有小山，没有酒吧。只有那条不祥的，越来越深的车辙。我们没完没了地跟着那条车辙，即使它越来越深，我们跟不下去了。好运的脚印一直能看到，但是好像中了邪：我们要是朝来路走，脚印也朝来路延伸；我们转个头，脚印也跟着转个方向。不过只有一行脚印。

结果呢，我们始终没找到好运。这个梦是那种你有点觉察，但无法挣脱的梦。当我终于口干舌燥地醒过来的时候，看见这条在梦中行踪飘忽的狗就在我身边，躺在我的枕头上流着口水。也许是他的鼾声弄醒了我，在潜意识/意识形成的神秘回路中，梦里梦外的场景形成了一种平衡对称。

弗洛伊德学派的分析也许不这么看，可我觉得这个梦的意义非常明显：灾难总是近在咫尺，走错一个路口，它就随之而来。可是为什么我总会为狗感到这种焦虑，虽然灾难和人同样如影随行。

也许是因为好运的脆弱无助：自从收留了被抛弃却充满希望的他，我一直有轻微的恐惧，担心自己不能保证他的安全。这么说又不太准确，事实上，这种焦虑是随着时间的推移渐渐形成的，我们先前的粗心（就像好运海滩走失那次）又滋长了这种焦虑和恐惧。

我不敢想象，如果好运两次被丢，如果我承诺了照顾他却又丢了他，如果我没能对得起他的信任，我该怎么办。后来我终于明白了为什么他显得这么脆弱无助，特别是在那个海滩车辙的噩梦里。是因为他个子太小：他的腿短得出奇，屁股又向外弯。所以他总是要跳起来拼命要看清楚脚踝以上的高度有些什么。

他最开心的事情，就是得到一个好的观景点：汽车的座椅的头枕，图表架，贸易风号的舱顶，阳台，别人的脖子，等等。只有爬到高处，这个短腿小狗才能摆脱低处的虫子尸体和壁脚板这样的景象，来到一个更符合他社会地位的位置。

十五

好运对猫的自杀式袭击看起来总是对他的健康幸福是个最大的威胁，但是他最终却是败给了割草机。这个冒险故事发生在一个预备圣诞节的繁忙的上午，当时我正在忙里抽空准备发动割草机。通常，我把好运限制在房子里，这样它就不能袭击那台轰轰作响的机器并试图啃咬机器的轮子。但是当我正努力要发动割草机的时候，它在屋里边叫边上下蹿跳，从厨房中传来了杯盘破碎的声音还伴随着一声惨叫。

当我打开门查看，好运用三条腿从我身边窜过，还去咬割草机的轮子。“那儿怎么了？”司各特从淋浴间喊道。厨房地板上破碎的盘子告诉我们事情的经过。小疯狗试着跳到厨房操作台并穿过敞开的窗户，但碰掉盘子，摔回到地上，伤到了右前腿。

受伤的腿没有流血，但是它直直地抬着那条腿，微撑着，像是在行某种奇特的狗版纳粹礼。然而看起来好像没有断，也没有更多疼痛的声音。因此我们判断腿既没有断，也没有拉伤。如果明天它还是这样，我们就带它到兽医那里照X射线。

放弃了割草机，我们把好运弄上车，出发去附近的船台进行我们的下一项工作：开回“贸易风”。船经过又一次翻修后做了一次试航，我们要把它开回到本地的泊位。但是当我们来到船上，前面有两个小时的行程，我们开始质疑我们对好运受伤的严重性的判断。它的伤腿仍旧不能着地，在我们记忆中这是第一次我们启动发动机而它没有冲到船尾，对废气咆哮。

当我们顺着浅潮流驶向莫顿湾时，它蜷缩在我的舵手座位旁，看上去很忧伤，还有点小小的负罪感。他的一蹶不振改变了整个船上的气氛，没有了那只活蹦乱跳的短屁股小狗在船上到处捣乱，船上的感觉就不再一样了。这种不祥的感觉越来越强，后来我们看到，原本晴朗的天空忽然出现一团风暴，在我们即将到达的码头上空盘旋。它没有要向前移动的意思，而像是停在那里等着我们，等我们想办法进入到拥挤的码头后再释放自己的强大力量。

在这戏剧性的场景中，好运冲到瓢泼大雨中，在甲板上东冲西蹿，用他的狗版纳粹礼向世界致敬。我当时忙着把三体艇摆好，司各特则在海岸线抛锚，只看见好运在甲板的一个拐弯处摔倒了，差点掉到船和码头中间的空隙里。“别动！”我在风中大声喝道。他蹲了下来，睁大眼睛，浑身湿透，拖着一条受伤的腿。当司各特过去抱起他，揣在衣服里面时，我们都知道他的腿伤不只是擦伤或者扭伤那么简单。

X光检查证实了这一点：船上那一跤造成了好运脚踝骨下面的一条韧带撕裂。这种伤很严重，比骨折要复杂得多，有可能会给他的脚造成永久性的伤残。当医生给我们解释伤情的时候，好运正躺在笼子里，刚从几小时前的麻醉药中清醒过来，从肩膀到脚趾都打着夹板。一个月之后，夹板才能拆掉，那时才能判断他的伤情以后会怎样。这期间，他基本被困在这间屋子里了，不能跑，不能出海，不能游泳，连早上安静地四处散步都不行。

医生还在解释的时候，诊疗室的景象和气味使我陷入了回忆，回忆起好运在科乐儿动物诊所走进我们生活的那一天。那仅仅是六年前的事吗？当时他只有18个月，可现在马上要8岁了——换算成人的年龄，他相当于56岁了，和我一样大。可我觉得好像一直以来就认识他。而且，我觉得这只狗的命运和我的命运会始终纠缠在一起。

现在，如果他的伤是永久性的，将来会怎样？航船甲板对有身体伤残的人来说绝对不是个好地方，即使是动过髋关节置换手术的人也无法再继续航海了。原有的平衡感遭到破坏，在航海遭遇险情时会有生命危险。我们会不带他自己出海吗？不可能，我对自己这样说，我知道司各特的想法和我一样。唯一的选择就是放弃我们的航海梦，带着好运在郊区生活。想到这里，我暂时不愿再想下去了。

好运过了好长时间才清醒过来，他一直无精打采的，医生的助理走过来把他放在我怀里，他也只是向我摇了摇尾巴。回到家后，他在沙发上睡了一下午，打了夹板的腿伸在前面，像一只球拍。（夹板是一个石头一样硬的U形塑料架子，把他的脚从下面到两侧用厚厚的医用绷带固定起来。）

傍晚时分，他动了几下，可是眼睛里看不出有清醒的意识。他有了知觉，但还糊涂着。我把他抱出门外让他小便的时候，他只是带着夹板站在那儿，可怜地摇晃着身体。接着他朝我叫了两声，声音很大，透露着惊恐。（帮帮我！）于是我把他抱起来，放回到沙发上。

司各特下班回家的时候他还处在混沌状态，到了晚上十点，我们开始担心他是不是永远不会从“暮光”的药效中醒过来了。“暮光”是医生开给他的药，混合了合成麻醉药和镇静安眠药，类似于俗称“约会强暴药”的氟硝安定，药力是安定的十倍。据说药效会持续4到12小时，可是到了入睡时间（从他服药起已经超过14小时了），好运还是双目无神。

是不是药剂过大了？我们努力抑制自己的恐惧，希望事情出现好转。和平时一样，第二天天刚亮，我是第一个醒过来的……或者说，是第一个醒过来的人，因为当我睁开眼睛的时候，好运正站在床边看着我。

"咔克！"他叫了一声。我马上发现，那双棕色的眼睛又恢复了神采。

"他好起来了！"我叫起来。

一顿丰盛的早餐之后，这个小病号开始测试自己的新腿（也在想办法适应自己爪子不见了的感觉），把木地板搞得咚咚响，然后他走到室外，练习如何瘸着腿小便。

几周过去了。正如医生所说，好运很快适应了腿上的夹板，开始以为有了夹板的保护，自己就刀枪不入了。但每次他用力的时候——有时是听到猫叫声突然蹿到门外巡视，或者有时从沙发上跳下来——都会感到疼痛。这时他就抬起夹板，跛着脚走，或者发出一声懊恼的叫声"咔噢！"，然后躲到某个黑暗的角落里闷闷不乐。

用消炎药水可以减轻他的不适，但如果用药过于频繁，就会让他对运动的痛感麻木，而这可能导致恢复期最大的危险：夹板里面形成压疮，进而导致坏疽，那时就必须截肢了。大约有一半的狗在韧带撕裂后，最终需要面对这种命运。（每周给好运做检查的医生说，好动的、脾气暴躁的小狗得压疮的风险尤其大。）

可是现在该怎样阻止这样一条小狗四处乱动呢？我们就差把他关在笼子里了。我们不带他早上散步，不许他接触其他小狗玩伴和后院的球类运动，尽管夏天气温逐渐升高，我们也不准他游泳，连好好洗个澡都不行，他已经相当沮丧了。

管制最紧的时候，我们把整个屋子门窗紧闭，不让他出来。好运彻底蔫儿了，他不玩也不叫，在窗口看到邻居家的猫，他都一声不吭。

“开心点儿，小东西，”司各特试着哄他，“再忍几个礼拜，你就又可以做回疯狂的小混球啦。我保证！”

“噗呼！”（闷死我啦！）好运叫道。他站起来，拖着脚走了几步，又瘫坐下来。他会连续几个小时保持鱼雷发射姿势，死盯着墙。他原来特别喜欢早上跑到我们床上捣乱，现在也没心思这么做了。到后来，满怀苦闷和沮丧的他开始嚼肩膀处夹板上的医用绷带。

“不行！”我们总会叫着制止他。他只好沮丧地站起来，拖着腿蹭到另一个房间。后来他开始躲着我们，怕我们责备他。我们意识到对他的限制已经弊大于利了。到了拆夹板的前一周，天气预报说后几天天气不错，我们开始整理贸易号，准备穿过海湾，离开莫顿岛过几天。

好运精神振奋，焕然一新。他和司各特坐在甲板上，仰天长啸。“汪汪汪！”他开心地大声叫，惊到了几只正在我们头上盘旋的海鸥。“汪汪汪！”他走到系绳的末端，朝我咧开嘴。“咔克！”他一遍一遍地哼哼。（这才像话嘛！这才对嘛！美人儿！）

我们停靠在海岛南部一处僻静的港口，这样可以避开大量来度假的游客，也可以尽量避开我们的宿敌——那些野生动物巡逻管理员。好运需要每天上岸两次。这时候如果他的伤腿沾了水或沙子可能带来灾难性的后果，所以我们在出行前就给他设计好了一套防水系统。（在夹板外面包了两次厚塑料袋，在肩膀处打上死结，关键是，在他小腿处套牢一个橡胶杯套，防止贝壳等硬物划破里面的塑料袋。）

这套系统挺管用。我们始终给好运带着皮带，防止他往水里跑，他只能拖着一个印有“麦氏鱼饵商店”字样的杯套走来走去。不过他看起来非常高兴。一天之内，我们就进入了以往船上生活的节奏：好运在甲板上巡逻，不时驱赶觊觎他食物的海鸥；司各特和我看看书，打打盹，赞叹一下崭新的电子化马桶（再也不用自己疏通下水道啦！），沉醉在换了新窗户的贸易号里面的空气里。

唯一不愉快的事情发生在新年前夜，那晚港口里充满了开着汽艇的醉鬼们，这些人是港口里最不通情达理的邻居，他们总有一种从众心理，喜欢和每一艘船贴得近近的。到了晚上 8 点，我们身边到处是这些傻乎乎的家伙，发动机飞快旋转着，电视和音响声音震天，刺眼的闪光灯朝各个方向乱晃。后来有四艘船竟然玩起了“漂筏式泊船”（一艘船抛锚保持不动，另外几艘栓在它两边），整个聚会变得非常疯狂。

我们本想离开，可那是新年前夜，看看船上的醉鬼们也挺好玩儿的，于是我们继续在甲板上休息，看那些醉鬼们的表演，寻了好一阵子开心。看那些傻瓜们从楼梯上滚落，从船上掉进水里，陷进船之间的夹缝里，用澳大利亚国旗把自己裹起来，噢噢大叫，他们还打架，呕吐，光屁股对着月亮，还有各种傻事儿。

午夜刚过，我们正举杯庆祝好运的康复，也庆祝期待已久的航海之梦实现的一年的到来，醉鬼们开始朝天燃放紧急照明弹。他们根本不知道这些燃烧的照明弹会落在哪里，其中的一些很可能会落在莫顿岛上一点就着的矮树林上。（之前的暑假发生过的林区大火就很可能是这样引起的。）

“嘿，伙计们，”我对最近的一艘船上正在放照明弹的人说，“当心别引起岛上失火。”我只说了这么一句，那帮傻瓜们却立刻发怒了。十几个人挤到栏杆跟前，对我们骂骂咧咧。

“汪！”好运站在船舱顶部大叫。

“开枪打那只狗！开枪打那只臭狗！”一个身上裹着国旗，浑身是星星的家伙尖叫起来。我再也忍不下去了。

我眼前浮现起一团红雾。我抱起好运，把他放进船舱里，然后拿了支捕鱼枪，准备折回去。丽萨堵住了我。

“别冲动，”她恳求我，“那是一群危险的傻瓜。你要是拿了枪出去，什么事儿都可能发生。”她说得完全对。

我一屁股坐在沙发上，眼前的红雾逐渐散去了。“对不起，”我低声说，一边做着深呼吸，“都是这些装模作样的爱国分子惹的。我没意识到自己这么讨厌他们。”

外面的辱骂声也渐渐小了，只有几个胆小鬼还在嘟囔。然后我们听到一个含混不清的声音：“看哪！这小子撤啦。嗯，跑啦，混蛋！”

我和司各特互相看了看对方。我们的犁形锚有45磅，即使40节的大风也动不了它。所以撤的不会是我们这艘船。那就是说——对啦！——涨潮的海水把这些傻瓜们没栓紧的锚给冲开了，正以大概两节的速度把这些船向南面冲。而这些烂醉如泥的家伙还以为是我们给冲走了呢。

司各特边查地图边说:“如果他们‘走运’的话,一小时后就会陷进那片巨大的牡蛎滩里。希望他们还没用完紧急照明弹。”

2007年的第一个早晨,天色阴沉,出奇的冷,我们准备启航回家。我们做了太多次启航前的准备工作了,已经驾轻就熟:关闭加固船上的排气设备,关紧汽缸,备好船帆,打开盐水进气阀,检查汽油和冷冻剂,再发动内燃机起锚。发动机启动的时候,我意识到自己忘记了一个关键的新步骤:发动之前应该关闭船舱门,让那只受伤的狗呆在里面。

我不仅仅是忘记了一个步骤。当时我已经想到了好运,但我同时对自己说,“哦,他不会有事的。”然后就扭动了钥匙,启动了发动机。接着可怕的一幕就发生了。我听到好运痛苦的叫声,赶紧冲过去,发现好运刚从舱顶跳到甲板上,想冲着排气管叫几声,他脚上的夹板就卡在了木板道的木条之间,正在拼命挣扎。我必须一只手按住他乱扭的身体,另一只手把他的脚拔出来。

整个过程不到一分钟,但是当我们把他抱进船舱时,他脚上的夹板已经浸湿,而且一部分已经脱落了。在他刚才拼命挣脱的过程中，固定在肩膀处的防护系统松脱了，滑到他脚下 3 至 4 厘米处。我们把防护系统恢复原位，用毛巾包起来以吸收水分，可是我们没办法知道这次意外会给好运的伤势带来什么后果。至少要等到明天，等假期结束后诊疗所重新开业再带他去检查。

我从来没有因为自己的愚蠢而如此懊恼过。(丽萨也很沮丧，但她还能够保持沉默。)因为我一瞬间的大意，有可能使得我们几周来的格外小心的精心呵护都毁于一旦，更别提好运以后的健康和我们的航海梦了。我心情烦躁，懒得去管船帆，开着贸易号，向远处的港口默默地行驶过去。自责仍不时袭来，我开始骂骂咧咧，气愤难平，就跟亚哈(小说《白鲸记》的主人公，仇恨一条鲸鱼)船长一样，而且比他更甚，因为没有可恶的鲸鱼给我骂，给我骂的只有自己。

我对好运安全的恐惧症又发作了。那个迷路车辙的恶魔再次降临，忘关舱门的疏忽再次重演。但这次我的不安更加剧烈：我清楚自己现在很不理智，我清楚错误在所难免，我清楚一只狗不可能远离危险。可是我还是内疚得要命。为什么？直到那晚我回到家里看新闻，才恍然大悟。

我抓起一个便笺本，写道："我成了头脑恐怖主义的受害者。对一只小狗长时间的研究，造成了一种胁迫头脑的高烧不退的疾病。通俗地讲，这种精神恐怖主义只袭击你的心脏，给它注入一种叫做爱的温暖的非理性的感情。当受害者试图写一本关于这只小狗的书，要求头脑来分析心脏的经历时，这种恶意的攻击就开始萌生了。这两个互不相容的器官努力沟通激烈接触的时候，这种恐怖主义就发动了总攻，席卷了心脏和头脑，全面接管了整个人，要求他对这只狗的不幸遭遇全权负责。"

"你这个小混蛋，"我用脚踢着俯卧在地上的好运，"你给我带来了头脑恐怖主义！"

他睁开一只眼睛。"喔克！"他哼了一声，（走开！）然后又睡过去了。

第二天早上，医生得知了船上的意外，为了避免压疮的风险，他决定提前几天拆掉夹板。医生工作的时候，我把好运在检查台上稳住，看到他的腕关节终于露了出来，虽然还很脆弱，但是恢复得很好，显然没有因为昨天的意外而受到损伤，我终于如释重负。

好运惊奇地盯着自己恢复原样的腿，“咔克！”他叫了起来，抬头看看我，好像在说，“我的腿原来一直在呀！”

他试探性地轻轻咬了咬自己的爪子，然后开始报复性的举动，在两只爪子上咬来咬去，把以前干痒痒够不着的地方狠狠挠了个够。伤腿上的肌肉因为缺乏运动已经开始萎缩了，我们放他下地之后，他还是抬着一只爪子走路。不过医生说这很正常，锻炼几周后情况就会改善了。

“但不要剧烈运动，”他又说，“连接处的组织还没定型，如果这时候再撕裂，好运就好长时间站不起来了。”

十六

在2007年三月份一个温暖的夜晚，一些朋友加入了我们贸易风号上的晚餐。晚餐是非正式的，我们在甲板上闲站着，用一些虾和沙拉，船就停靠在码头的泊位上。这是我的朋友们第一次上船，他们热衷于船上家一样的舒适和我们的还有两个月就可实施的漫游计划，我们被他们的热情所感染。当然，他们对好运在船上的表现印象深刻。

"他真独立啊，"一个朋友惊讶地说，"我还以为小毛狗会像小孩似的只是到处闲逛。但是看，"他指着船弦边一个警戒的阴影，"……他不是只会添补我们的空闲时光。他在做自己的事情。"

"想干吗干吗。"司各特边说边轻推了我一下。

两个小时之后，几瓶酒喝光。再次想到好运，我们都已经在船舱里。我从窗户看不到他，所以钻出舱外一看究竟。风停了，水面平静，黑暗的水面上闪烁着反射的灯光。好运躺在甲板的边缘，盯着这些闪烁的光影。他的头微微歪着，他的耳朵随着夜晚所有微弱的声音一张一合。

“嘿，小家伙。”

他抬起头，眼睛一亮。“咔克！”当我抚摸他的耳朵时他叫了一声。但是当我准备离开，他跳了起来，做了两个快速转圈——一个最近发明出来的动作语言，意味着“别走，呆在这里”。

于是我坐在他身旁。“咔克！”他又叫了一声，回到他的位置并把他的头放在我的手掌里。

在这一刻，我终于意识到了我为何对好运的安危如此在意：我太爱他了。如果不是这样，如果他仅仅是一个附属的“宠物”，那么我的责任仅限于喂他吃的，给他个窝，和一定的锻炼。但是过了七年，这个精灵可爱的热心的小东西成了我们的一员。他的健康和幸福与司各特和我的，或是我们关爱的其他任何人的，都一样重要。如果我把司各特丢在脏兮兮的车辙中，或者任她把腿别断在甲板缝里，我该会多么心疼呢？

不知不觉中，我一生中一直在让别人告诉我对宠物可以或不可以有什么样的感情。这掩盖了事实，事实是这个毛绒绒的小东西早已偷走了我的心。当我们一起坐在甲板上，我把手放在好运受伤的腿上，弯了弯关节。没反应。我又加了些劲（比几周前他能承受的要大一些），而他所做的仅仅是舔我的手。

他的断腿的恢复是如此令人心焦的缓慢。开始的几周他瘸得厉害，他会在几分钟轻微锻炼之后，还是举起他的爪子。更糟糕的是，他以古怪扭曲的角度抬着脚，好像脚长错位置了。但是慢慢地随着关节部位的筋和肌肉长得更加结实，所有的情况慢慢好起来。在瘸腿的迹象消失了一周之后，早晨，我们在公园中散步，好运远远地跟在后面，边走边嗅。

“来，慢吞吞的家伙！”司各特喊到，他开始向我们跑来。

“呀，加油好运！”我们喊道，我们鼓励他快跑——受伤前他特别喜欢这个游戏。耳朵啪嗒着，他越跑越快，直到他的腿看起来模糊了，他飞奔地经过我们身边，胜利地一呲牙，在我们前面戏剧性地转了一圈，然后站住，等着我们赶上去。这时候我们的疑虑结束了：这只水手狗终于能够回到甲板上了，我们的海上梦之旅终于要成真了。

现在，看着泊位上灯光闪烁，我想知道好运那新的两圈动作语言（“别走，呆在这里！”）是否意味着他正在进入一个更加平静自省的状态。也许他最近经历的历练冲淡了他更野性的冲动，让他更能体会生命中那些静好时光。然而，就在这时，他看到水面上有细微的动静，腾地站了起来。

“嗷！”

透过甲板缝，他怒视水面…… 是一条河豚鱼，正想碰他的船！

“嗷……！”

他在原地上下起伏的预备着，像一只发怒的小野牛，用脚敲着甲板，然后飞速绕船两周，眨眼飞跑上舱顶，冲着月亮扬起他那愤怒的脸。

“呜……！”他吼着，仿佛在请求神明伸张正义。

“呜……！”

听到了吗？他仍旧狂野。而且接下来，他可能会拜访你附近的港口。

“我们与他们”丛书

《乖乖猪》内容简介

《乖乖猪》讲述的是人与猪共同生活，相依为伴 14 载的感人故事。本书作者赛？蒙哥马利是位小说家，也是位自然主义者，她游走于世界各地的自然世界，包括南亚红树林、亚马逊流域、非洲沙漠等，寻找人类认识自我、亲近自然，释放自身爱意的方式，她可以在巴西追寻海豚，在印尼追踪老虎，在非洲与大猩猩一起生活，也能

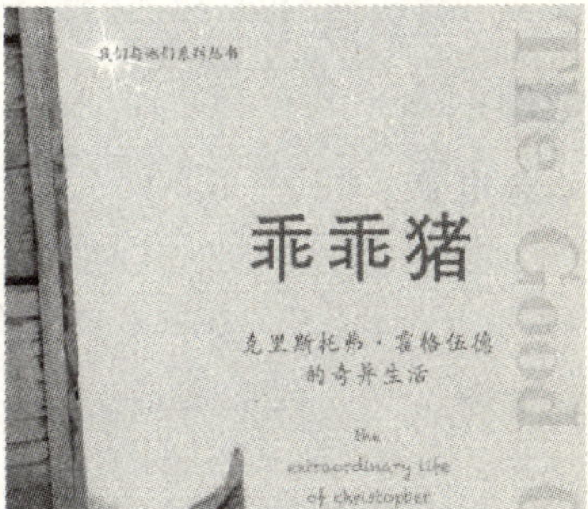

与丈夫一同收留一头曾经气息奄奄的小猪。他们逐渐建立了深厚的友谊，猪给赛一家带去了安慰和朋友，他们则给了猪庇护和生存下去的机会；最后，这只猪甚至成了汉考克当地的知名人物，他走失的消息能出动警力，他去世的讣告甚至在多张报纸上连载。这一切对于日益忙碌和隔阂的现代人不啻为一堂生动的爱心教学课。

作者：[美国]赛·蒙哥马利 著
魏建武 译

定价：28.00 元

邮购电话：021－64749520　王小姐

《乖狮克里斯蒂安》内容简介

2008年，YouTube.com网站上播出了一段惊世骇俗的视频短片，很快风靡整个因特网。该视频网络点击率在2008年就超过了4000万次，成为因特网上的轰动事件。该短片展示了两个年轻人与他们的爱狮克里斯蒂安重聚的动人场面，此前，他们在野生动物保护专家乔治·亚当森的帮助下，将克里斯蒂安

放归非洲原野。

《乖狮克里斯蒂安》讲述的正是这段视频的完整故事。1969年两个澳大利亚青年安东尼·“艾斯”·布尔克和约翰·兰道尔来到伦敦，在著名的哈罗德百货公司购买了一头生猛的狮宝宝。随后，他们仨在切尔西的国王路住下，不久克里斯蒂安便在当地成为“名人”。但克里斯蒂安日长夜大，以致很快连他活动锻炼的教堂花园也容纳不下他了。艾斯和约翰不愿看到克里斯蒂安日后在动物园苦度余生，他们该怎么办？

一次偶然的机会，他们结识了电影明星弗吉尼亚·麦肯娜和比尔·特拉维斯，在他们的介绍和帮助下，克里斯蒂安终于得以在亚当森的专业照顾下回到了他的祖先之地肯尼亚。一年后艾斯和约翰回肯尼亚看望克里斯蒂安。如今，由于因特网进入千家万户，他们重聚的感人场景得以让全世界千百万人共享。

本书最初出版于1971年，风靡一时。此次重新出版，作者进行了全面的修订，并增加了许多新的内容。本书所讲述的非凡故事必将在全世界的视频观众中引起广泛共鸣，并注定将成为动物文学中最伟大的经典。

作者：［澳大利亚］安东尼·布尔克

约翰·兰道尔 著 慕 风 译

定价：22.00元

邮购电话：021－64749520 王小姐

《相爱在怀俄明的荒野》内容简介

摄影家、作家珊福·斯托克顿骑着她的黄蜂牌摩托横穿美国大陆，从旧金山回她钟爱的纽约。当她途经怀俄明州时，那里的红土地、比格霍恩山和宽广的天地格局让她痴迷。经过一番内心挣扎，她最终离开繁华的纽约，搬到怀俄明州的一个只有300人口的小镇——滕斯利普。

珊福扔掉了手机，过起与城市生活截然

相反的原野生活。在怀俄明的荒野上，时间有了不同的含义；自然世界既是生计的来源，又充满敌意；野鹿和丛林狼在晨昏出没。在邂逅当地的一位牛仔之后，两人成了朋友，并慢慢地生出了情愫。

某天，珊福收到了一份意外的礼物，一头出生才十天的丛林狼宝宝，其父母因袭击羊群而被射杀。经过一番踌躇，珊福最终决心在她的12×12英尺大的小木屋里养育这头狼宝宝，她给小狼起名叫查里。

《相爱在怀俄明的荒野》是珊福养育查里的真实记录，包含了许多激动人心的照片，为读者展示了发生在怀俄明荒野上的一段关于爱、宽容、忠诚和信任的传奇。

作者：［美国］珊福·斯托克顿 著
金 蕾 陈静薇 译

定价：29.80元

邮购电话：021-64749520 王小姐

图书在版编目(CIP)数据

好运如我/(澳)罗布森著;栾雪莲译.—上海:上海三联书店,2011.1
(我们与他们)
ISBN 978-7-5426-3373-6

Ⅰ.①好… Ⅱ.①罗…②栾… Ⅲ.①长篇小说—澳大利亚—现代 Ⅳ.①I611.45

中国版本图书馆 CIP 数据核字(2010)第 206963 号

好运如我

著　　者 / 罗布森
译　　者 / 栾雪莲
责任编辑 / 黄　韬　陈若辰
装帧设计 / 豫　苏
监　　制 / 任中伟
责任校对 / 张大伟

出版发行 / 上海三联书店
(200031)中国上海市乌鲁木齐南路 396 弄 10 号
http://www.sanlianc.com
E-mail:shsanlian@yahoo.com.cn
印　　刷 / 上海师范大学印刷厂

版　　次 / 2011 年 1 月第 1 版
印　　次 / 2011 年 1 月第 1 次印刷
开　　本 / 787×1092　1/32
字　　数 / 150 千字
插　　页 / 8
印　　张 / 5.25
书　　号 / ISBN 978-7-5426-3373-6/I·496
定　　价 / 20.00 元